VIE

ARNO CAMENISCH

LA CURA

Traduzione di Roberta Gado

Keller editore

Per il sostegno alla traduzione di quest'opera ringraziamo

fondazione svizzera per la cultura
prohelvetia

Titolo originale: *Die Kur*

Traduzione dal tedesco: Roberta Gado

© 2015 Engeler-Verlag
All rights reserved. Published by arrangement with Urs Engeler, Solothurn. No part of this book may be reproduced or transmitted in any form or by any means, electronic or mechanical, including photocopying, or by any information storage and retrieval system, without permission in writing from Urs Engeler and Keller Editore. Photocopy is granted only for the personal usage not more than 15%.

IMMAGINE DI COPERTINA
Hotel Waldhaus | Archivio privato
Si ringrazia l'Hotel Waldhaus per aver gentilmente concesso l'utilizzo dell'immagine.

© 2017 Keller editore
via della Roggia, 26
38068 Rovereto (Tn)

t|f 0464 423691
www.kellereditore.it
redazione@kellereditore.it

PRIMA EDIZIONE, APRILE DUEMILADICIASSETTE

La cura

Sul posto. – Quanto dobbiamo restarci quassù, chiede lui mentre la segue zoppicando per la scarpata dell'albergo. Indossa un completo verde scuro e delle scarpe da ginnastica blu con la chiusura a strappo. I calzoni gli vanno corti. Quattro notti, dice lei, dai, vieni. Mamma mia, era meglio se ce ne restavamo a casa, dice lui, ho fame. Ha un sacchetto di plastica in mano. Una buona volta che abbiamo vinto ci andiamo eccome, fa lei. Vinci una volta a tombola, dice lui, una volta nella vita sei il grande vincitore, il re del montepremi, e per punizione ti tocca dormire quattro notti fuori casa, e per di più il trentunesimo anniversario di matrimonio, ma ti sembra giusto, sospira lui, cristo se è ripido. Ormai non manca molto, dice lei chiudendosi il golfino rosso sul collo. Avessimo vinto il secondo premio, dice lui, hai visto che cesto di roba da mangiare che era? Non li trovi neanche in Croazia dei cesti grossi così. E invece no, il bel cesto se l'è beccato quel testa di legno dell'Hans che adesso se ne sta a casa come un pascià e se la ride fin dentro i calzoni.

E noi dobbiamo farci delle ore di treno, attraversare la nebbia come fosse l'eternità e poi ti prende un colpo perché all'improvviso spuntano fuori le montagne come una gigantesca nave pirata. Solo il buon Dio sa cosa ci facciamo tutto 'sto tempo quassù in un bosco infestato dai lupi. Il dottore ha detto che qualche giorno all'aria fresca ti farà bene, dice lei, e poi la sera andiamo a ballare. Un dottore che è un barile, risponde lui, e pretende ancora d'insegnare agli altri, c'ho ragione o no? Ti piace il mio vestito di lustrini, chiede lei lisciandoselo sulla gamba, l'ho comprato prima di Natale e l'ho nascosto sotto il letto, da noi i vestiti di lustrini si trovano solo sotto le feste. Sì sì, fa lui passandosi la manica sulla fronte, ma adesso aspetta un attimo prima di saltellarmi via come un cerbiatto. Forza, lo chiama lei, siamo quasi in cima.

Davanti all'albergo. – Uau, guarda che roba, dice lei, cinque stelle, e ammira la facciata. Ha un fiore nei capelli. È più grosso di una cattedrale, dice lui, qui dentro finisce che ci perdiamo, ci sono dei labirinti che son peggio di certi boschi enormi, una volta entrato non trovi più come uscire e zac, sei fritto. Lei scatta una foto all'albergo, e l'aria meravigliosa che c'è quassù, dice, e tutti questi uccelli che cinguettano sugli alberi. C'è solo da sperare che non salti fuori qualche extra da pagare, dice lui, e che ci portino della roba calda da mangiare, e di riuscire a dormire con 'sti cinguettii tra gli alberi, sul dépliant non c'era mica scritto, che se non chiudi occhio tutta notte al mattino sei uno straccio. Su, entriamo, dice lei prendendolo a braccetto. Guarda che roba, è come nei film, dice portando la mano al petto, sul Queen Mary sarà uguale preciso. Passa davanti a loro una donna con un cappello piumato rosa acceso. Lui alza le sopracciglia e la segue con gli occhi. Sei certa che sia questo l'albergo, bisbiglia, sicuro come l'oro che abbiamo sbagliato e siamo finiti da tutt'altra parte, il primo premio di una tombola, figurati, e poi è tutto vecchio, quando siamo andati in corriera a Roses almeno l'albergo era moderno, o comunque i mobili erano nuovi e avevamo un televisore grande che prendeva più di settanta canali. C'è qualcosa che non quadra, vediamo di andarcene prima di lasciarci le dita, in questi armadi vecchi. Si soffia il naso. Non c'è niente che non quadra, dice lei, guarda quella pendola là. Ne aveva una così anche mio nonno, dice lui, bisogna caricarle dal mattino alla sera con una chiave grossa come un volante e poi si fermano lo stesso, e sono pure imprecise, tartarughe sono, restano sempre indietro e se ti arrabbi tirano dentro la testa per fingersi morte. Prende l'orologio dal taschino e confronta l'ora, è avanti di due minuti, vedi? Adesso però andiamo a mangiare, prima che crolliamo secchi per strada come dei cavalli. Dove si passa? Sono solo le due e mezza, dice lei, per la cena bisogna aspettare che venga sera. Cosa, scusa? sgrana gli occhi lui. Gesù Maria, si lascia cadere su una poltrona, la frittata è fatta, per l'amor del cielo, portatemi un cognac. Io prendo un Martini, dice lei, come Mireille Mathieu.

In ascensore. – Ce l'hai tu la chiave, chiede lui. Lei gliela fa vedere e sorride. Ti sei macchiato l'abito, gli dice, e prende un fazzoletto dalla borsa di plastica di lui. Non se ne accorge nessuno, è ancora l'abito di mio zio, fa lui, lo metteva la sera per guardare il telegiornale. Devi schiacciare il bottone, dice lei, quello con il tre, speriamo che venga via, altrimenti cosa pensa la gente se ti vede con una macchia così. Lui prende un pezzo di pane dal sacchetto di plastica e schiaccia il bottone. Non l'uno, aggiunge lei, il tre devi schiacciare. Ma magari al primo piano c'è la cucina e possiamo prenderci qualcosa dal frigorifero, tanto adesso non ci sarà nessuno. E se c'è qualcuno possiamo sempre chiedergli di impacchettarci un paio di salsicce, che vogliamo andare nel bosco. Lei schiaccia il tre, basta, adesso saliamo a vedere la camera, sarà stupenda. Le porte dell'ascensore si chiudono. Stai sicura che si sono sbagliati come a Roses e ci hanno dato la singola. Io sul divano non ci dormo, eh, nel caso torniamo subito a casa, ci facciamo rimborsare il premio e compriamo il tritacarne nuovo. Che avrebbe comunque più senso. E sta' a vedere che precipita l'ascensore, vecchio com'è, dopo sì che siamo conciati per le feste, oltre al fatto che è stretto da far paura, manca fin l'aria. Le porte dell'ascensore si riaprono. Fuori ci sono due uomini. Uno ha gli occhiali da pilota e una fascia in fronte. L'altro mangia un wafer.

Sul tetto dell'albergo. – Finalmente un po' d'aria, dice lui aprendo la porta, mamma com'era logorroico il rosso con la tuta blu e la fascia in testa, le bisbiglia all'orecchio e si richiude la porta alle spalle, non ha mai smesso di blaterare, quei due là sono mica tanto per la quale, scuote la testa e la segue zoppicando, e hanno parlato di donne per tutto il tragitto fin quassù che a uno gli girava la testa solo a sentirli, Maria, Magdalena, Margrit e che so io, pensa se uno resta bloccato dentro con quei due brubrù, non lo auguro a nessuno. Sono stati troppo in quota, gli è partito l'embolo d'altura e adesso danno fuori di testa, che ci vuole poco, eh, meglio se ce ne andiamo, dai. Vieni, guarda che vista, dice lei passando sotto il bucato che si muove al vento, è bellissimo, è come su una nave. Si aggrappa al parapetto. Sei sicura che possiamo salire quassù, dice lui, meglio se scendiamo, non che vengono quelli con la scopa, tu fai arrabbiare i fantasmi. Era meglio se ci portavamo la maschera d'ossigeno, a quest'altezza c'è da svenire, poi finiamo lunghi tirati e facciamo prendere un colpo alla donna dei mestieri, quando ci vede stesi sotto il suo bucato. Guarda che cielo, urca, tira dentro la testa e torna zoppicando sotto la tettoia, vieni sotto anche tu, prima che mi cadi per aria. Sporge la testa un po' in avanti, sbircia cautamente in su, rifà un passo indietro e si appoggia al muro. Guarda i laghi, esclama lei slanciando le braccia, e le montagne, e i boschi, e la luce, e che bello che è il cielo. Sorride e chiude gli occhi. Sì sì, fa lui, nel bosco siamo tutti uguali, come se uno non l'avesse mai visto, che ci abbiamo passato tutta la vita tra le rocce, una pietra è sempre solo una pietra. E il lago, è lì steso sulla pianura come un pesce morto. Poi di colpo arrivano delle nuvole grigie come beole e patapam, giù tuoni e grandine e ti centra un lampo, che quassù si fa in fretta, siamo sui milleotto, se sei sfortunato le montagne s'incazzano e ti buttano addosso dei massi grandi come vacche, ti demoliscono la casa e ci seppelliscono dentro per sempre tutto quello che avevi, altro che pace delle montagne, lo dice solo chi è cresciuto nel cemento. Su, vieni, torniamo giù e cerchiamo la cucina. E questo vento, dice lei, ti fa venire un bel brividino sottopelle. Sì sì, dice lui, finisce che mi voli via come un palloncino. In Engadina tira sempre vento, tira tutto il santo giorno, qui in Engadina. Con questa tramontana ti prendi il raffreddore del secolo. È il vento del Maloja, dice lei. Cos'è, fa lui e giostra con l'amplifon. La valle laterale, dice lei, potremmo fare un giro in carrozza fin su in valle. Come no, è una strada da contrabbandieri, dice lui, e noi siamo gente onesta. Non dirmi che ho lasciato a casa le pile, aggiunge cercando una pila nuova nel sacchetto di plastica, e pure i salamini, cristo, ho lasciato i salamini avvolti per bene nella stagnola sul tavolo del cucina, non ci credo, porcaloca.

In piscina. – Guarda che io poi non vengo a tirarti fuori, eh, le grida lui, era meglio se andavamo a mangiare. Ah come fa bene l'acqua, dice lei e ci s'immerge. Togliti l'accappatoio e vieni dentro, gli grida mentre nuota a dorso. Senza salvagente non entro neanche dipinto, dice lui, sai benissimo che non so nuotare, finire annegato quassù, ci manca solo questo, sarebbe un po' troppo comodo come finale. Non è fonda, dice lei, guarda che ci tocchi persino, si mette in piedi, hai visto, l'acqua arriva solo fino al petto, figurati se riesci ad annegare. Poi scivoli e addio, ah no, dice lui, ci vuol mica tanto. Come quello là che è andato a caccia tutta la vita fin quando il dottore glie l'ha vietato e ha detto che era meglio se andava a pesca, un altro che credeva di saperla lunga, e il primo giorno di pesca il poveraccio è scivolato ed è annegato. Ed era un grigionese, non un tirolese. Adesso non fare il prezioso, dice lei, lo sai che qui c'è stato anche Louis de Funès? Dove, in piscina, chiede lui. Ma sì, sarà stato anche qui, grida lei e nuota. Lui zoppica seguendola avanti e indietro a bordo vasca. Sicuro che il Louis in acqua non c'è entrato, non sa mica nuotare, dice lui, come vuoi che faccia ad avere imparato, l'hai visto anche tu nel film dell'altrieri, quando è caduto nel lago muoveva le braccia tipo i cani. Lei sorride e si immerge nell'acqua come una sirena.

A cena. – Prendi un po' di vino ch'è una favola, fa lui e vuota il bicchiere. Branca la bottiglia a due mani, chiude un occhio e si serve. Ma cosa combini, chiede lei e si sistema il fiore nei capelli. Sai benissimo che non posso fare altrimenti. Gli tremano le mani. Da quando mi è andata la scheggia nell'occhio per versare devo chiuderlo altrimenti non centro il bicchiere. Ci pensano loro, gli sussurra lei rimettendo con discrezione la bottiglia al suo posto, qui non puoi servirti da solo. Lui ride, posso benissimo arrangiarmi per conto mio, non c'è bisogno che mi mettano qui uno a fare il palo, anzi così risparmiamo qualche spicciolo che poi magari tocca pure dargli la mancia, o no? Lei gli fa una foto, guizza il flash. Ah che vista, sembra di essere su un transatlantico, dice poi guardando dalla finestra il bosco verde e grande come il mare. Dai, andiamo in crociera per una volta, aggiunge prendendogli la mano. Lui si irrigidisce e la fissa con gli occhi sbarrati. In testa ha il solito berretto da baseball. Non sarebbe bello scivolare sul mare per settimane intere, noi seduti all'oblò che viaggiamo da una costa all'altra e la sera andiamo al ballo di gala col mio vestito di lustrini? Come credi di ballare, dice lui, se uno sbanda come una vacca già per andare al ristorante della nave, da tante che sono le onde? E dopo finiamo contro uno scoglio e il tuo bel mare vedi come ci inghiottisce, none, meglio se ce ne restiamo a casa. E comunque chi paga, scusa? Di sicuro non io col mio fondo pensione, mi serve per il laboratorio col banco da falegname, la levigatrice e la bindella al centro, la regina delle macchine, due metri minimo, e alza le mani come un prete, ci fai a fettine dei boschi interi. Lei appoggia il ventaglio sul tavolo e tira fuori una pila di dépliant dalla borsa, la settimana scorsa sono andata in agenzia viaggi, dice. Cosa, fa lui prendendosi la testa fra le mani, per l'amor di Dio, dimmi che non hai fatto una follia, per la carità. Lei sorseggia il vino, guarda fuori dalla finestra e si sistema gli occhiali, sì invece.

A letto. – I fagioli erano così buoni che per poco mi mettevo a piangere, dice lui e fissa il soffitto. E il personale era gentilissimo, fa lei, certo che son proprio carini qui. Tira su la coperta fino al collo. Sulla sedia accanto al letto c'è l'abito di lustrini. Ma tutti quegli arnesi distribuiti sul tavolo come l'armamentario di un laboratorio, dice lui, ci avresti potuto costruire una casa, fortuna che avevo dietro la mia forchetta, sono abituato a mangiare con quella lì. Ha addosso una canottiera bianca. Ma domani possiamo prendere ancora così tanta roba dal buffet, chiede. Lei toglie gli occhiali e li mette sul comodino di fianco al fiore. E quella carne, ricomincia lui, bisogna solo esser svegli, oh sì, fortuna che l'ho vista da lontano, sono saltato su, sono corso là e zac che ho soffiato l'ultima fetta di arrosto alla carampana con la gamba di legno. Marameo, e ride, mi son proprio divertito, la vecchia mi ha sparato un'occhiataccia come un proiettile. Eh sì, abbiamo imparato a sgomitare già da bambini, altrimenti ci restavano solo le ossa. Era agghindata di cristalli e brillanti come un albero di Natale, la matrona. Peccato solo per il bel vaso, dice lei stringendo le labbra, finisce sempre in cocci. Ah già, non ci pensavo più a quel vecchio vaso, peggio per loro se lasciano la roba di porcellana in mezzo al passaggio per il buffet. E peccato anche per il quadro, fa lei. Quale quadro, chiede lui. Quello che hai fatto cadere mentre ballavamo. Ossantocielo, basta sistemarlo con del nastro da dietro e riappenderlo al muro, guarda che poi il buco non si vede neanche, se non ci fai caso. Però ce n'è voluto prima che potessimo ballare, sa il diavolo cosa doveva leggere quello là con la cuffia che ha bloccato tutto il bar, sacramento, e la gente faceva anche finta di divertirsi, e quei quattro ottoni che boh, ma almeno loro hanno suonato anche dei bei corali, mentre quell'altro con le sue storie, va' a sapere, e hai visto quando s'è tolto la cuffia alla fine? Aveva i capelli come un covone di fieno, santo cielo. Ma no che era simpatico, dice lei e sorride. E come s'è comportata tutta la banda alla fine, fa lui, avranno prosciugato il bar, ci scommetto un vitello. Lei spegne la luce e apre il primo bottone della camicia da notte. Dopo sono spuntati anche i due funghi dell'ascensore e si son messi a fumare come locomotive, ma tanto noi eravamo già allo swing. Lei gli si raggomitola vicino. Un bel sigaro sarebbe stato mica male per finire in bellezza, no? Prima ne fumavo una stecca e mezza in un fine settimana. Abbracciami un po', dice lei.

Di notte. – Cosa ci fai sul balcone, gli chiede lei mettendosi a sedere sul letto. Si passa una mano sulla fronte e toglie il paraorecchie. Lui è fuori in camicia da notte. Tira aria, dice lei, cosa resti lì sul balcone, e poi perché ti sei messo la mia camicia da notte? La camicia si agita al vento, la portafinestra sbatte contro il muro. Te l'ho detto che in Engadina tira aria, qui tira sempre una certa aria, dice lui girandosi verso di lei, e quando tira quest'aria il giorno dopo piove, lo diceva già mio nonno, è Pietro che schiera le nuvole in posizione, poi tuona e il giorno dopo la pioggia lava i prati, si porta dietro i pendii e seppellisce intere valli sotto il fango e i detriti. Ha una mascherina da notte in fronte. Torna a letto e non farti la testa cattiva, che tira aria, dice lei e si gira dall'altra parte, la notte è troppo buia per passarla fuori. Ma uno cosa deve fare se non riesce a dormire, dice lui. Sgobbi e ti spacchi la schiena per una vita, e appena raggiungi il valico dopo curve e tornanti a non finire come in una corsa in bicicletta, arrivato in cima all'Alp d'Huez vuoi scendere e sederti un momentino e goderti la vista, ma morire se l'onnipotente ti lascia riposare, qui di giusto c'è ben poco. La prima notte in montagna non si dorme mai sodo, dice lei sprofondando la testa nel cuscino, domani vedrai che ronfi di nuovo come una pantofola. Rimette il paraorecchie. Sarà, e il giorno dopo hai delle occhiaie grosse come le lenti degli occhiali, fa lui, si rigira e appoggia le mani sul parapetto. Le teste dei gerani nelle fioriere sono ritte come microfoni. Ah, era meglio restare a casa, dice, qui non chiudi occhio e ti rivolti dalla schiena alla pancia e dalla pancia alle ginocchia e dalle ginocchia al fianco con la testa che gira e gira come una giostra, puoi pensare a quel che vuoi ma il sonno è tutt'altro che tuo fratello, e non appena sprofondi un po' di più e quasi precipiti oltre il suo bordo a strapiombo ti riscuoti per lo spavento. E a quel punto ti ritrovi di schiena neanche fossi sul letto di morte a fissare il soffitto come se avessi i secondi contati, accerchiato dal russare delle montagne. Gli fischia l'amplifon. Hai sentito, dice e si volta verso di lei. Che dorme beata come una bambina.

Al mattino presto. – Lui è a letto sotto le coperte che traffica con la radio e se l'avvicina all'orecchio. Fruscii, nella Surselva, fruscii, trovato l'oro, aggiusta la rotellina della radio, hanno trovato l'oro qui da noi, hai sentito, grida. Fruscii, guarda il lampadario appeso al soffitto, le previsioni del tempo, fruscii, mh, dice, si alza, bussa alla porta del bagno e ci preme contro l'orecchio, sente andare lo sciacquone. Hai capito che hanno trovato l'oro qui da noi, dice. Non ho ancora finito, risponde lei da dietro la porta. Hai sognato qualcosa stanotte, chiede lui. Eh, dice lei, non sento, ho l'acqua aperta. Io ho sognato che ci eravamo persi nel bosco ed eravamo perduti per sempre, mh, dice lui tra sé e sé, va al balcone e apre la portafinestra, cosa non si sogna. Ma per fortuna dal balcone non è entrato nessuno, si mette seduto sul letto e prende una vecchia scatola da sigari dal suo sacchetto. Guarda che accappatoio, dice lei uscendo dal bagno. Momento, fa lui disponendo le banconote sulla coperta, sto contando. C'è persino ricamato sopra il nome dell'albergo, dice lei prendendo lo champagne dal secchiello del ghiaccio. Meglio non toccarlo, questi tappi schizzano fuori da soli, sono sensibili, e poi la frittata è fatta, dice lui e conta i soldi, possiamo far che consegnare la cassetta dei risparmi alla reception, son finiti i tempi magri in cui spegnevamo i fari in autostrada di notte per risparmiare benzina. Adesso che abbiamo messo insieme qualcosa, non dobbiamo per forza buttarlo dalla finestra. Non avresti dovuto portarteli dietro tutti, fa lei sfregandosi i capelli con l'asciugamano, la cassetta sta più sicura a casa sopra l'armadio. Non ne sarei tanto convinto, chi ha un vicino come l'Hans è meglio che stia all'occhio, dice lui, quello si accuccia tra le aiuole del giardino come un coniglio. In paradiso non ce li possiamo portare comunque, fa lei e sfila l'accappatoio, andiamo al casinò a giocare alla roulette, e prima ci mettiamo in ghingheri per uscire a cena in un ristorante di classe, programma completo. Brava, proprio così, dice lui, e stai sicura che finiamo come la Marta, la bella ballerina di La Plata che ha sprecato il talento al casinò ed è stata costretta a camminare sulla fune al circo per un tozzo di pane, un giorno è caduta e nell'impatto s'è spaccata quelle belle gambe, e già che c'era ci ha lasciato anche la pelle. La via del quartiere è rimasta bloccata per tre giorni e tre notti perché la famiglia teneva la veglia funebre in mezzo alla strada, sotto gli alberi, tutti seduti su delle sedie intorno alla bara come sono abituati loro. Facile, noi ci giochiamo solo cento franchi, dice lei vestendosi, e quando li abbiamo persi ce ne andiamo. Così facile appunto non è, dice lui e mette via i soldi, un po' per volta ti fai fuori tutto. Andarsene al momento giusto è un'arte a sé, come volare con gli sci, il punto k della pista non s'imbrocca mai bene.

In corridoio, diretti a colazione. – Guarda queste, dice lui indicando le corna di cervo appese di fianco ai ritratti degli antenati, prima o poi cadono, per trofei del genere i nostri avi non avrebbero neanche caricato il fucile che dopo bisognava pulirlo, ma cosa vuoi che ti dica, uno deve prendere quello che ha. Ho dimenticato una cosa, dice lei, si gira e torna in camera. La mia prozia, la zia Leta, era la prima cacciatrice del cantone, dice lui seguendola e si ferma davanti alla porta aperta della camera, quando stava per nascere suo padre era certo che finalmente sarebbe stato un maschio e, scaricata la moglie nel parcheggio dell'ospedale, ha tirato dritto fino dal Georg per comprare una doppietta al pargolo. Infila le mani in tasca. Quando è tornato all'ospedale e ha visto quella bella bambina, c'è rimasto così di sasso che le ha regalato la doppietta lo stesso. Gli passa davanti un cameriere in smoking e guanti bianchi che spinge una vecchia signora in sedia a rotelle. La vecchia signora ha la sigaretta in bocca. Nessuno era più veloce della zia Leta, aveva delle mani fenomenali, pum pam e il cervo cadeva stecchito nell'erba come uno straccio, racconta lui, a settembre sparava e tuonava per i boschi anche a chilometri dal paese, una donna pericolosa da morire, conosciuta fin giù in Tirolo, coi capelli rossi come le fiamme dell'inferno che quando arrivava lei taceva fino il pontefice. Pende un pettine dal sacchetto di plastica e, tolto il berretto, se lo passa tra i capelli. Oh sì, le piaceva armeggiare con la dinamite, ma a un certo punto è esplosa pure lei. Infila il pettine nel taschino, si ferma davanti allo specchio e rimette il cappello. Lei esce dalla stanza e lo prende sottobraccio. Sai dove dobbiamo andare, chiede lui e la guarda. Come faccio a saperlo, risponde lei studiando il corridoio. L'uomo con la cuffia gli passa davanti e saluta.

Nel parcheggio dietro l'albergo. – Lui si sistema la cravatta e fischietta una canzone. Lei lo fotografa davanti a una Jaguar. Un gioiellino grintoso, dice lui passando una mano sul tettuccio, ne avevo una tipo questa anch'io, una bella cabrio coi sedili in pelle e il volante di legno, era una Pininfarina, con un clacson in si bemolle che quando lo suonavi accorrevano le suore sul ciglio, ma faceva un baccano che non ti dico, un aeroplano, c'era da mettersi i tappi nelle orecchie, e quanto beveva, schiacciavi il pedale e il serbatoio si svuotava come una fontana. Non te l'ho mai vista, dice lei, non contar balle. Era prima che ci conoscessimo, guidavo proprio un missile come questo, proprio uno così, veloce come una palla di cannone. E portavo ancora i basettoni alla Elvis. Io so solo della due cavalli che hai fatto affondare nel lago, dice lei. Se la pregiata consorte del segretario comunale mi manda fuori strada e mi spinge nell'acqua, sbotta lui. Hai affogato tutte le mie piantine di insalata che c'erano sopra, fa lei. La cicciona guidava coi tacchi a spillo, ti credo che non beccava i pedali, dice lui, la sua bagnarola sbandava a destra e sinistra, e allora ho preferito sterzare a destra nel lago anziché congedarmi per l'eternità, che con una così io la tomba non la divido. Incrocia le braccia. Cosa posso farci se le tue cassette di insalata erano impilate sul sedile davanti, alza le braccia e la guarda. Lei si tocca gli occhiali e si gira dall'altra parte. Oggi col cavolo che le darebbero la patente, renditi conto, riprende lui sbirciando dentro la Jaguar dal finestrino, una volta non c'era l'esame di teoria o roba del genere, a Ilanz facevi due giri dello spiazzo sterrato che c'è all'uscita del paese, in modo che l'esperto vedesse che sapevi tenere la macchina, poi due birre e via, avevi passato l'esame ed eri pronto per la vita. Che senza patente quassù potevi dimenticarti di trovare la donna. Alza la testa, sta cominciando a piovere. Lei se n'è andata.

Dalla vetrata della lounge. – Vieni un po' a vedere, dice lui in piedi davanti alla vetrata guardando la pioggia, qui non veniamo più via. Pioveva anche quando ci siamo conosciuti, fa lei stringendosi da dietro contro la sua spalla, ti ricordi? Ma era una vita fa, dice lui, ai tempi avevo ancora la Renault, che vecchia carretta, si fermava a ogni pisciata di cane, ce l'hai presente? Quella marrone con le strisce gialle, sembrava una scrivania, ma era cattivella. Non mi porti più i fiori da un pezzo, dice lei, ma forse i fiori spuntano dopo la pioggia. Il primo giorno sono ancora belli, dice lui, e il secondo lasciano già ciondolare le testoline come vecchie pecore, tranne quelli della Migros che durano un po' di più. Solo i fiori di plastica durano in eterno. Si passa il fazzoletto sulla fronte e lo rimette nella tasca dei calzoni. Mi ricordo come fosse ieri quando mi sei venuto incontro e ci siamo guardati per la prima volta, dice lei, quel giorno al passo dell'Oberalp, al lago, appena prima della galleria. Sì, dice lui, ero andato a Andermatt a prendere le pile per la radiosveglia del povero Paul, la Renault mi aveva lasciato a piedi prima della galleria, mi ricordo benissimo che aveva cominciato a singhiozzare, si era messa a zoppicare ed ero riuscito ad accostare per un pelo, diluviava come oggi, tu stavi pescando nel lago con un secchio rosso a fianco. Sì, dice lei strusciando la guancia sulla sua spalla, mi ero messa la mantella verde per non farmi vedere dai pesci, e tu mi hai chiesto pardon, bella madame, per caso s'intende di batterie? Non me lo dimenticherò mai. Il pianista suona una melodia lieve di sottofondo. Lui le mette un braccio intorno ai fianchi. Una vecchia signora con il cappello nero gli passa alle spalle. Si volta verso il suo cane, vieni Gulasch, su, vieni, lo chiama.

In biblioteca. – C'è un gatto nero sul davanzale. Sono le armi dei poeti, dice lui facendo correre un dito sul dorso dei libri, se gli va male i poveracci finiscono per diventare una stazione del metró. Ne prende uno dallo scaffale e lo sfoglia. Lei è seduta sul divano alla finestra e legge. Cosa stai leggendo, le chiede lui continuando a sfogliare. Lei non reagisce. Tesoro, cosa stai leggendo, chiede di nuovo lui. Cos'hai detto, risponde lei alzando la testa. Che bel libro, aggiunge, guarda, è la biografia della Piaf, gli mostra il libro, adesso sta aspettando il suo grande amore in una camera d'albergo, quel pugile che la sta raggiungendo in aereo. È di ciliegio, fa lui accarezzando con la mano aperta il legno che riveste la parete, si riconosce subito. Gesù, dice lei tra sé portandosi una mano alla bocca. Lui prende una bottiglia dal carrello con il bordo dorato e studia l'etichetta, la apre e si versa un bicchiere di whisky. Beve e guarda la pioggia fuori dalla finestra, sì sì, leggeva anche il povero Paul, pensa che aveva imparato a leggere da solo. Ma chi è diverso non ce l'ha facile. Mentre andavamo per boschi con le spade e la latta in testa, lui leggeva tutto quello che gli capitava per le mani, dal bollettino ufficiale al libro di cucina, finché il vicino ubriaco ci ha ammazzato il gatto col forcone e lui ha smesso di leggere per un anno, racconta e toglie il berretto. Due giorni dopo è venuto giù un temporale con tuoni e lampi e il vicino è rimasto colpito da un fulmine in aperta campagna. Beve, sì sì, la bellezza dell'uomo si rivela nella pioggia, lo diceva la cara Silvia, lei sì che lo sapeva. Le biografie sono i miei libri preferiti, dice lei accavallando le gambe. Guarda, dice lui prendendo un altro libro da uno scaffale, anche questa è una biografia, di un ciclista, francese pure lui, chissà se è tutto vero, aggiunge tra sé e sé, e comunque nel ciclismo le balle più grosse le contano i belgi. Non vuoi leggere qualcosa anche tu, chéri, dice lei e mangia un cioccolatino. In queste biografie è elencato in bell'ordine cosa uno ha fatto, dice lui, cosa avrebbe voluto fare, con chi è stato sotto le lenzuola e con chi si è preso a pugni, e alla fine c'è sempre scritto che non rimpiange niente. Così troviamo la pace. Beve e tira giù un altro libro dallo scaffale, Regolamento funerario e cimiteriale, c'è scritto in copertina, mh, mugugna e lo sfoglia. Lei lo tira per la manica e gli sussurra, quella lassù non è la donna che girava insieme al tizio con la cuffia ieri sera? Quale, chiede lui e si guarda intorno, la vecchia là in fondo con il cappello nero, il cane e la gamba di legno? No, fa lei, la donna laggiù nell'angolo, con quei bei capelli lunghi. La donna accavalla le gambe e alza gli occhi. Lui si volta verso la finestra e accarezza il gatto sul davanzale. Il gatto chiude gli occhi e fa le fusa. A lui brontola la pancia.

Davanti alla vetrina delle torte. – Ci si può servire come si vuole, chiede lui alzandosi un po' in punta di piedi. Guarda, dice lei con una foto tra le mani. L'abbiamo scattata al nostro primo appuntamento, sulla pista da bowling, quando ti sei rotto il crociato, dice lei, ai tempi mettevi ancora il basco. Lui si guarda intorno, avrei una voglia matta di quella in cima, proprio una fetta di quella lì, e la indica con il dito. E questa l'abbiamo scattata al nostro secondo tête-à-tête, dice lei prendendo un'altra foto dalla borsetta, stavolta a colori. Ti avevo fatto i maluns. Sì, dice lui, me lo ricordo fin che campo, e dire che non vado matto per i maluns. Ma hai spazzolato il piatto comunque, fa lei, una porzione enorme, e quando ti ho servito il bis hai finito anche quello, e il resto te l'ho dato da portare a casa che poi te lo scaldavi. Eh sì, mai mangiato così bene, hai detto, ride lei. Tu cos'avresti fatto al posto mio, chiede lui alzando le braccia. Ero innamorato, e per amore a parte morire si fanno molte cose, così ho mangiato intrepido i tuoi maluns, c'è di peggio, basta mischiarli bene con la mela passata e immaginarsi che siano maccaruns, che ancora ancora vanno giù. Hai visto dei piatti da qualche parte, chiede lui e si guarda intorno, o qui non si usano, che altrimenti mangio con le mani. Era più di quarant'anni fa, dice lei ammirando la foto. E una sberla più tardi ti ritrovi in pensione, dice lui, il tempo ti prende alle spalle. Un'anziana coppia gli passa davanti oltre la vetrina. Sono finte, dice lui seguendo con gli occhi la coppia attraverso il vetro, intendi le torte, chiede lei, no, le tette, dice lui, quali tette, chiede lei, quelle della madame, non le hai viste, sembran due lampioni, sporgono come una terrazza, sono gonfiate, mica vere. Dici, chiede lei piegandosi in avanti per guardare la coppia che, finito il corridoio, sparisce nel salone. Hanno cent'anni e ne dimostrano venti, qui c'è qualcosa che non quadra, e non è una di queste belle rughe, ma tanto contro il tempo non possono farci niente nemmeno loro, puoi riempire e spianare quanto vuoi, il tempo gira nell'altro senso. Pietro, lassù sulla soglia, non si fa impressionare dalle labbra spesse come canne dell'acqua, dice e allunga la mano verso la torta. Lei ritira in borsetta le foto e alza gli occhi al soffitto. Dal soffitto pende un grande lampadario. Lontano, chissà dove, suona un trombone.

Davanti all'entrata dell'albergo. – Smette di piovere, il cielo si schiarisce, il sole splende. La banda è in formazione davanti all'entrata. La banda suona, la carrozza degli sposi ci si ferma davanti. Gli invitati sulla scalinata battono le mani. La sposa saluta con un foulard bianco. Mh, dice lui e mangia un cioccolatino, coraggiosi. Sono sotto la tettoia del capanno della ghiaia, vicino alla cabina telefonica. Come si fa a sposarsi di mercoledì, aggiunge, allora tanto vale di lunedì. Del coraggio non ci si pente, dice lei e lo prende a braccetto. Ma dei guai che combina, fa lui, di quelli sì. Salgono sul colle, smontano dalla carrozza e si sposano, poi tornano giù, divorziano e risalgono con la carrozza successiva. Chissà quante volte sono già ripassati di qui, preferisco non saperlo. A forza d'andar su e giù girano in tondo tutta la vita. Ha il suo fascino anche questo, dice lei. Poveri cavalli, fa lui e mangia un wafer. In cielo sfilano brandelli di nuvole bianche. Sono come eravamo noi, dice lui, e saranno come siamo, dice lei. Si rinsavisce solo verso mezzanotte, dice lui e si sistema la cravatta. Prendi il Giorgio, che si lancia alla Tarzan da un cespuglio all'altro e ha così tante avventure in corso da non saper più chi è la moglie di turno, poi di colpo cala la testa come un burattino e si lamenta che una vita così non la augura a nessuno, quando invece se l'è voluta lui, il cornichon. Prende uno zuccherino dalla tasca della giacca, metti che sei parroco e ti ritrovi davanti gli stessi di due settimane prima ma assortiti diversamente, ti tocca ruminare da capo la solita promessa d'eternità perché così vuole il Signore, e intanto pensi che preferiresti giocare a golf. Lo sposo scende dalla carrozza e prende la mano alla sposa. Dietro la carrozza c'è un bambino che fa le bolle di sapone e le soffia nel vento. Com'è romantico, dice lei, guarda che bel bouquet, e il velo. Il sole abbaglia, aggiunge facendosi ombra con la mano. Grazie al cielo noi abbiamo dato, fa lui. Perché non rinnoviamo la promessa adesso che abbiamo tempo, chiede lei, quando siamo sul Queen Mary, io mi metto l'abito bianco e poi buttiamo in mare fiori e champagne dalla nave. Sul balcone c'è una donna in camicia da notte che grida insulti in italiano. Lui alza la testa e infila lo zuccherino in bocca. Squilla il telefono dentro la cabina. Girano la testa a guardarlo.

In terrazza. – È venuto bello di colpo, dice lei tenendo la mano davanti alla fronte. Te l'ho detto che quassù cambia in fretta, osserva lui sfogliando il giornale con una forbice in mano. Maria, le sdraio, grida sulla soglia la signora alla cameriera. Non preferisci sederti al sole, chiede lei. Io resto sotto la tettoia, quassù fa in fretta e barabam, piove di nuovo, risponde lui, si passa la lingua sulle labbra e apre il giornale all'ultima pagina. Legge i necrologi e li ritaglia. Hai tempo per quelle cose lì, ma non vuoi sprecarlo a fare una passeggiata nel bosco con me, dice lei e si sistema su una sdraio. Lo conosci questo, chiede lui allungandole un necrologio. Lei non reagisce. Tesoro, non lo conosci, insiste lui. Già che siamo qui, aggiunge lei prendendo Gala tra le riviste sul tavolino, quello puoi farlo anche a casa. Certo che no, dice lui, sul giornale di domani ci sono già i prossimi, bisogna starci dietro tutti i giorni. Ritaglia l'annuncio successivo, guarda, dice, questa qui è diventata ben vecchia, e sorride mostrandole il ritaglio, stavolta ho beccato una matusalemme. Per star qui seduti a non far niente tanto valeva rimanere a casa, dice lei inforcando gli occhiali da sole. Lo dico da quando siamo partiti, e chissà cosa ci capiterà ancora quassù, dice lui, posa la forbice sul tavolo e guarda la gente sulla terrazza, si sdraiano come sul letto di morte per non alzarsi mai più. Hai idea di quanti muoiono appena dopo il pensionamento? Lei mette via Gala e sfoglia Cosmopolitan. Tengono duro come possono tutta la vita, continua lui, e non appena gli hanno stretto la mano e augurato ogni bene, crollano come quei fondisti in televisione e non si risollevano più, tipo lo Josef che dava da mangiare ai leoni allo zoo, la sera dopo il pensionamento avrebbe dovuto atterrare alle Canarie e invece era già finito con la bicicletta nel fosso. Si inumidisce il dito e gira la pagina, la lista è lunga, i dati sommersi sono tanti. Piega a metà i necrologi e li infila nella tasca della giacca. E quel che resta è insidioso, la vecchiaia è cattiva, per una volta uno dimentica le medicine, recupera una doppietta da chissà dove, esce di testa e ci fa fuori tutti come lepri perché non gli hanno servito il dessert. Tesoro, la pressione, dice lei. Se sapessimo come si muore in fretta, vola in un attimo, dice lui asciugandosi la fronte con la tovaglia. Il bicchiere cade per terra e si spacca.

In riva al lago. – Sei contenta adesso, dice lui alzando le braccia. Bene, allora possiamo tornare su, cosa c'è da vedere qui al lago, meglio se ci mettiamo a guardare il telegiornale nella sala della tivù così sappiamo cos'è successo in giro, o meglio ancora facciamo che risalire subito in pullman e andiamo via, se ci sbrighiamo riusciamo persino a prendere l'ultimo treno e poi ci restiamo sopra tranquilli fino a casa, e di premio ci concediamo il taxi alla stazione per finire in gloria la giornata. Però se va male ci piomba un albero sul pullman e addio, oppure deraglia il treno perché il macchinista è ubriaco un'altra volta e va avanti a bere e moriamo in fondo a una gola che non ci trovano neanche più, si mette la mano in fronte, siamo in trappola. Vieni, andiamo a fare una passeggiata, dice lei prendendolo a braccetto. Alle sue spalle c'è un masso. Sul masso è appollaiata una cornacchia. Passeggiare per cosa, chiede lui, e se ci perdiamo e tu ti rompi un piede in quel bosco enorme? Poi mi tocca riportarti a casa di peso, o no? Come quella volta che abbiamo acceso il fuoco al lago, ci abbiamo cotto le salsicce e appena s'è spento ci siamo ritrovati al buio come in una bara, non te lo ricordi? Che romantico è stato, dice lei, poi abbiamo fatto l'amore nel bosco. Sì, dice lui, non ci restava altro per combattere la paura dopo aver camminato al buio pesto per un'ora, qui un burrone, là un altro, tanti burroni come nella vita, allora ci siamo messi giù, e io non ho chiuso occhio. Io ho dormito come una fata, dice lei e sorride. E quando nonostante tutto è tornato chiaro, il motorino era dietro al primo albero. Mai più senza torcia, dice lui, la tira fuori dal sacchetto di plastica e controlla che funzioni. Da qualche parte ho anche le pile di scorta, dice rovistando nel sacchetto. Gulasch, vieni, su vieni, chiama la vecchia signora con il cappello nero passando davanti a loro. Il cane le va dietro. Lui alza la testa, aspetta un attimo invece di ripartire subito in quarta, dice, cos'è sempre questa fretta? Guarda che non cammino più veloce di te, fa lei rivolta al lago, ma se tu ti fermi tutte le volte che parli, per forza che sono sempre un passo avanti. È che non riesco a fare due cose in una volta, spiega lui e la segue puntando avanti la torcia. Ma se d'emblée grandina cosa facciamo, eh? Tra poco grandina di sicuro, zac, come un carico di ghiaia giù da un tir, e ci ritroviamo con la grandine fino alle ascelle che non ne usciamo più, e quando infuria la bufera vengono giù dei chicchi grandi come delle palle da tennis, che fanno anche male. No che non grandina, dice lei, su, vieni, c'è una pace come in paradiso. La quiete prima della tempesta, fa lui, e le va dietro zoppicando. Il lago è appena velato. Lontano c'è una barca di pescatori. Un pesce guizza dall'acqua. Un uccello lo cattura al volo.

Al campo da tennis. – Non gioca mica tanto bene quello lì, dice lui e mangia un wafer. Stanno guardando i giocatori dalla collinetta dietro al campo da tennis, seduti su delle sedie pieghevoli. Lui ha il berretto da baseball e gli occhiali da aviatore. Che bella donna, dice lei e si fa aria col ventaglio. Meritava di più, altro che quello lì con la cuffia perenne, dice lui a bocca piena. Sono innamorati, dice lei, guarda come si scambiano la palla, sono raggianti, innamorati persi. Come fai a saperlo, chiede lui e tira fuori una pera dal sacchetto di plastica. Son cose che una donna sente, una donna lo sente se un'altra è innamorata, così come sente se è incinta, si sa e basta, anche senza saperlo. E perché io non lo sento, fa lui sfregando la pera sulla giacca verde scuro. È intuito femminile, dice lei. Cos'è che è, domanda lui e dà un morso alla pera. Tu invece senti cosa farà il tempo, dice lei, però che bello essere innamorati, non c'è niente di più bello, si passa la mano nei capelli, sei su una nuvola, è tutto un sogno e il tempo continua a fermarsi, ti dimentichi metà delle cose ma non t'importa. Io comunque preferisco giocare a ping pong, fa lui, da bambini ci giocavamo un sacco, Klaus, il tedesco, aveva un tavolo che gli aveva messo insieme suo papà e noi non la finivamo mai di giocare, giocava anche il Paul, non usciva a nessuno uno smash più preciso del suo, giocavamo per delle settimane, una roba che non ti dico, con qualsiasi tempo, con i taglieri da colazione di mio nonno che erano rettangolari ma chi l'ha detto che le racchette devono esser rotonde per forza, è solo una moda, prima o poi vedi che rispuntano gli angoli. Accavalla le gambe. Voglio perdere di nuovo la testa così, dice lei, innamorarmi ancora, una volta sola ma con annessi e connessi e compagnia bella. Nel ping pong è come nella vita, dice lui, bisogna beccare la palla nel punto più alto, proprio quando non sale più e appena prima che cominci a calare, si ferma un attimo in quel punto lì, il momento morto, momento mori, ed è lì che la devi colpire e poi distendere il braccio fino in fondo. Lei prende i ferri dalla borsetta e comincia a lavorare a maglia senza smettere di guardare verso il campo da tennis. Da lontano si sentono fischiettare gli uccelli sugli alberi. Il vento le accarezza i capelli. Offsides, dice lui, la palla era fuori, hai visto, le dà leggermente di gomito, era fuori. Era sulla linea, dice sferruzzando lei. Ha barato, fa lui, la palla era sicuramente out, lo vedi il segno di fianco alla linea. Tira fuori il binocolo dal sacchetto di plastica per controllare, era fallo, e adesso si baciano pure, quello vuole arruffianarsi il punto, è una partita di tennis o cosa, non ci pensano proprio agli spettatori? Lasciali in pace, fa lei e conta le maglie, sono innamorati, altrimenti non giocherebbero a tennis. Si mette il golfino sulle spalle, è salito un vento freddo. A bordo campo crescono dei gigli bianchi. Gli uccelli se ne stanno muti sulla staccionata.

In cucina. – L'amore viene e va, come il mal di testa, dice lui e apre la porta. Lei si toglie una piuma dal vestito. Ha il foulard bianco sulle spalle. Oh-oh, dove siamo capitati, dice lui tutto pimpante. Accende la luce. Abbiamo sbagliato, dice lei e lo prende per un braccio, te l'avevo detto che bisognava passare a destra anziché a sinistra. Già che siamo qui, possiamo far che fermarci un pochino, dice lui senza uscire dalla cucina. Ha il sacchetto di plastica in mano. Guarda quante belle pentole, là ci sono i fornelli e qui gli attrezzi, ci passa sopra la mano, gli attrezzi tintinnano, e vediamo cosa c'è laggiù, va al ripiano sotto la finestra e alza il coperchio di una casseruola. Tesoro, andiamo via, dice lei, se arriva qualcuno ci rispediscono a casa. Che coincidenza, fa lui, adesso sappiamo persino dov'è la cucina, e intinge un dito nella minestra. Lei alza gli occhi al cielo. Mh, niente male, fa lui, io ci ho fatto il militare in cucina. Renditi conto, cucinavo per un esercito, quando tornavano dal campo di battaglia erano affamati come una mandria di bufali. La cucina è il cuore del battaglione, senza cucina non si fa niente, senza rancio tacciono perfino i cannoni. E tu sei lì in prima linea, con il mitra e il grembiale bianco, il mestolo in mano come uno scettro, e davanti centinaia di metri di soldati in colonna, anche i più forti con le gamelle ammaccate in mano, e tu solo decidi quanta sbobba d'eroe dare a chi. A militare devi andar d'accordo col cuoco, il cuoco è potente come un re, dice lui e apre il frigorifero. Adesso vieni via, subito, dice lei e spegne la luce. Cosa c'è qui di bello, fa lui infilando una mano nel frigo.

Al lavatoio vicino alla croce. – Com'è bella fresca, dice lei muovendo la mano nell'acqua. Dentro al lavatoio c'è una scopa. Le facevamo così anche noi da bambine con la zia Barla, aggiunge toccando la scopa dentro la vasca, gli uomini abbattevano gli alberi, le donne intrecciavano le scope con i rami più sottili e poi le lasciavano a mollo per tre giorni nei lavatoi. Le scope servono per cancellare le tracce, dice lui mettendo una mano in tasca, che testa, chissà dove ho messo le chiavi di casa. La zia Barla, che era d'un bello, era innamorata del dentista con la Porsche, racconta lei, quando spariva nel bosco con la scopa si vedeva con il dentista, una vita per un amore. Intendi la Barla coi capelli bianchi, quella del tuo paese che saliva in camicia da notte sul colle appena dopo le case e si fermava ritta al vento come un faro a guardare il mare, dice lui appoggiando due mazzi di chiavi sul bordo del lavatoio, ma se è rimasta sempre giovane e non s'è mai sposata, dice lui allentando la cravatta, mentre il dentista la donna l'aveva, anche se girava sempre a piedi nudi. Non doveva saperlo nessuno, era un amour fou, dice lei guardando il proprio riflesso nell'acqua, facevano l'amore nel bosco di giovedì con gli alberi che tacevano tutt'intorno, e un bel giorno il dentista non s'è visto, lei lo aspettava nella radura e lui basta, non è più venuto. Immerge le mani nell'acqua e se le passa bagnate sulle braccia. Più fonda è l'acqua e più son grandi i segreti, dice lui e infila le mani in tasca. Era andato a schiantarsi con la sua Porsche argentata poco prima di arrivare all'appuntamento, dice lei mettendosi una mano sul cuore, ma la zia Barla lo ha saputo solo quando lo avevano sepolto da un pezzo e ormai era già un po' uscita di testa. Mh, fa lui e appoggia altri tre mazzi di chiavi sul bordo del lavatoio. I grandi amori sono sempre quelli che non abbiamo vissuto sino in fondo, dice lei passandosi la mano bagnata sul collo. L'hanno trovata sul colle al margine del paese, appesa a un albero. Si volta e guarda il lago. Ah, eccola la chiave di casa, esclama tutto contento lui, credevo già di averla persa per la vita.

In soffitta. – La vita è un ripostiglio, dice lui, una baraonda, l'ordine arriva solo alla fine. Guarda, dice lei, prende un boa di piume rosa acceso e se lo mette al collo, è come sul Titanic, e spalanca le braccia. L'abito luccica. Oggi sono la Marlene. L'uomo è indaffarato tutta la vita ad ammassar roba, dice lui, magari ci troviamo anche un pensionato qua dentro a far ragnatele, dice lui e rovista fra casse e scatole, sgobbi una vita con una passione grande come il mare, e non appena arrivi all'ultimo giorno ti mettono in un armadio finché non viene il buon Dio a tirarti fuori. Prende un teschio e lo solleva. Lo gira, sull'altro lato c'è un volto di ragazza, mh, lo appoggia sul piano di un comò. Ti sfido a trovare un bidello bravo come me, e l'ultimo giorno, quando hai messo il vestito della festa e sei pronto, quelle teste di legno si dimenticano di dire il tuo nome, mentre per la pregiata Frau Wehrli fanno un discorso lungo come un'autostrada manco avesse inventato la ruota, ma il bidello, lui che ha tirato avanti la scuola e tutto l'ambaradan, lo tagliano fuori come se non fosse mai esistito solo perché non teneva la bocca chiusa e ogni tanto metteva in riga la combriccola, questa si chiama vendetta, sì sì, ma son cose che non si dimenticano. Va be' che mi sono schiarito tre volte la voce e sfortunatamente sono caduti per terra anche un po' di piatti, chi si fa pecora il lupo se la mangia, e allora quella testa quadra del predicatore si è accorto d'aver saltato una porta. Alla fine ti liquidano con una scatola di cioccolatini e una cravatta belga da due soldi e ti sbattono la porta in faccia, adios e arrivederci a mai più. I veri grandi non sono mai stati apprezzati in vita, è il loro pane. Per terra davanti a lui c'è una cassa che sembra una bara. La apre. Ma io non voglio finire come Frau Wehrli, riprende, che l'avevano appena congedata coi fuochi d'artificio e i tromboni, e il primo giorno del nuovo anno scolastico è ricomparsa sulla soglia come tutti i cinquant'anni prima, con quegli occhiali formato televisore sul naso e pronta a propinare altri cinque decenni di lezione frontale. Tira fuori dalla cassa una racchetta da tennis di legno e la rigira in mano. La brava pedagoga aveva convinto i genitori della sua classe che quei monelli avevano urgente bisogno di lezioni di sostegno e si era subito candidata per dargliele lei, così nell'anno uno della pensione aveva già messo insieme un bel monte ore ed era di nuovo lì, fresca come mezzo secolo prima. Tende il braccio con la racchetta da tennis, e quando l'hanno congedata per la seconda volta, questa un po' meno solennemente, riprende andando a colpire la palla immaginaria, ha fuso il motore dopo poche centinaia di metri. Si raddrizza e si volta a guardare, Gesù! Ti piaccio, chiede lei. Ossantocielo, dove hai preso quel costume, e quelle calze così da un momento all'altro, aggrotta le sopracciglia lui, e tutto quel rossetto. Baciami, dice lei e lo prende per il bavero. Il teschio cade dal comò e rotola per terra.

Nel giardino fiorito. – La vita è un giardino fiorito, dice lei togliendogli il rossetto dalla guancia con una cocca del foulard. Una volta ho baciato la giardiniera di una telenovela in un bar lesbico di Milano, dice raggiante lui, una star del cinema. Lo so, fa lei. Con la lingua, non t'immagini che roba, dice lui e la guarda. Lo so, fa lei, e so anche che avevi ancora i capelli lunghi e niente baffi, ma adesso possiamo lasciare quell'oca giuliva dov'è? Dopo tutto sono passati quasi quarant'anni. Perché fai così, dice lui, non me lo concedi? Lei si gira dall'altra parte e si tocca gli occhiali. Come mi sarebbe piaciuto fare la fiorista, dice accarezzando i fiori, con un negozio tutto mio. Hai ben lavorato in un negozio, fa lui. Sì, però non in un negozio di fiori, dice lei. Ma pur sempre nella bottega del paese, non male, e io ti aiutavo a spostare le cassette delle albicocche. Un bel negozietto di fiori, anche piccolo, dice lei, me lo avevi promesso prima che ci sposassimo. E infatti volevamo prenderlo, ma poi abbiamo comprato la casa, che è costata, e poi c'era da rifare il tetto, e poi ci serviva la macchina, e poi ci voleva un garage per la due cavalli, che non si poteva lasciare per strada una macchinina così bella, e poi il grande barbecue. Lo so, dice lei, c'era sempre di mezzo qualcos'altro. E quel barbecue ci ha regalato dei grandi momenti, fa lui. Una locomotiva in giardino, fa lei, ma guarda caso per il mio negozio di fiori non era mai il momento giusto. Tanto ci sono già fiori dappertutto, dice lui, vedi qui intorno, fiori a perdita d'occhio, con sciami di api attirate a far scorpacciata come dall'Alfred. Lei serra le labbra e stringe al collo il foulard. Ma Achtung con i giardinieri, fa lui, il ladro era il giardiniere anche da noi a scuola. Lei coglie un astro e lo annusa. Ha trascinato la cassaforte giù per le scale rovinando tutti quei bei gradini, racconta lui, l'ha messa sulla carriola con la stanga rotta e l'ha trasportata dal cortile della ricreazione al parcheggio, poi l'ha trasferita sul trattore e ciao. Ha piantato lì la carriola come un bambino la bicicletta. E perché dev'essere stato per forza il giardiniere, chiede lei accarezzando il boa di piume con la guancia. Certo che è stato il giardiniere, chi se non lui poteva sapere dov'era la mia bella carriola? Io l'ho detto al poliziotto, ma quel Gargamella era convinto che fossi invischiato nel furto, quando invece il giardiniere era stato licenziato proprio il giorno prima. Chi non va a lavorare lo lasciano a casa, funzionava così già mille anni fa, e il bel tomo s'è portato via la cassaforte per ripicca. Buongiorno, alza il berretto da baseball, guardi pure dove vuole, ho detto al commissario che era venuto a casa nostra e voleva dare un'occhiata al capanno, non c'era niente eh, ma è umiliante lo stesso se ti prendono per un ladruncolo quando sei stato una persona onesta tutta la vita, è come se ti calassero le braghe, sì, ci si sente proprio così, e finisce pure che ti ritrovi in tribunale. Non è stato poi così tragico, dice lei e passeggia per il giardino. Gulasch, forza, vieni, chiama la signora con il cappello nero dal margine del bosco.

Al margine del bosco, davanti alla legna accatastata dietro l'albergo. – Mh, dice lui guardando la legna e la saggia con una mano, non è che l'hanno accatastata proprio bene questa legna qui, si rovescia al primo colpo di vento, a voler star tranquilli bisognerebbe buttarla giù e rifarla da capo. Potremmo andare un po' per funghi, dice lei guardando oltre la catasta, in questi boschi ce ne saranno tanti. Ha messo gli occhiali da sole. Chi mente trova tanti funghi, dice lui e prende un ciocco dal mucchio, al concorso annuale questa catasta non sarebbe neanche entrata in classifica, aggiunge esaminandola, noi abbiamo impilato legna per una settimana con riga, scala e filo a piombo, abbiamo cominciato il lunedì e la domenica è passata in paese la giuria a premiare le cataste, i giurati se ne stavano in piedi con le mani in tasca e gli occhiali a specchio in modo da nascondere gli occhi per non far intuire niente, e quando si consultavano tenevano la mano davanti alla bocca come i calciatori alla televisione. Rigira il ciocco tra le mani, oh sì, siamo arrivati secondi due volte, tesoruccio mio, medaglia d'argento, son cose che non si dimenticano. Tra poco va via il sole, dice lei indicando il lago. Ma non so se il concorso fosse pulitissimo, è un po' strano, tanto strano che l'abbia vinto cinque volte di fila quello zoppo del Seppi con delle cataste storte come le case di Pisa, oh sì, ha barato senz'altro. Come fai a saperlo, dice lei. Be', appena veniva scuro il Seppi partiva con il porta a porta, faceva ubriacare i giurati per accaparrarsi i voti, gli affari migliori si fanno al buio, verso mezzanotte, e chi più riesce a bere vince. È sempre stato così, dice, prende la fiaschetta del liquore e beve, il Seppi ha sempre retto l'alcol come uno scoglio nel mare e quando gli altri stavano ormai delirando sotto il tavolo, lui lassù era ancora bello fresco e si versava un altro goccino d'acqua santa. Per ora nessuno ha osato segargli le gambe e buttar giù sua maestà dalla catasta, ma prima o puoi salterà fuori, sì sì, aspetta e vedrai, dice lui confermando con la testa. Però il secondo posto è già buono, fa lei. Il secondo non è il primo, dice lui, se si sapesse tutto quel che c'è dietro le cataste, si capisce che le fanno alte apposta. Comunque il giorno del giudizio ti sciorinano tutto quel che hai combinato in vita tua, e o finisci in sala al calduccio o ti gettano ai leoni.

Nella hall. – Cosa bloccano il passaggio per la sala da pranzo quelli lì, dice lui e si alza in punta di piedi a sbirciare oltre la gente. Avranno quasi finito, dice lei. Oggi ci sono gli spaghetti al sugo, le bisbiglia lui leggendo dal biglietto che ha in mano. Come fai a saperlo, chiede lei. Perché ho telefonato per dire che volevamo gli spaghetti al sugo, il mio piatto preferito, guarda qua, me lo sono segnato. Le fa vedere il biglietto. Io prendo il pesce, dice lei. Non si può, fa lui, ho ordinato per tutti e due, spaguns al sugo, cosa credi, in camera c'è il telefono. La gente applaude, la banda suona. Si può sapere cosa fanno, chiede lui. Festeggiano un anniversario, dice lei, suonano bene. Il meglio degli anniversari è che si mangia, ma non capisco perché devono sempre tenere 'sti discorsi. Salgono in cattedra e la fanno lunga come se non dovessero morire mai. Alla parete dietro di lui è appeso Gesù in croce. Ha la mano destra spezzata. Un uomo corpulento si alza e va al podio, prende un foglio dalla tasca interna della giacca e stringe la cravatta. Uffa, dice lui guardando oltre la gente, prima dell'oasi c'è la sete, se fosse il contrario il deserto non lo attraverserebbe mai nessuno, solo per le asprità si arriva alle stelle, dice e prende l'orologio dal taschino della giacca, vediamo quanta vita ci costa, bisognerebbe mettergliela in conto, e legge l'ora.

Mi ricordo che il Melchior di Coira si era perso per ben tre quarti d'ora, il suo discorso era durato un'ora buona anziché un quarto, rimette via l'orologio, le sparava sul podio con quel caldo manco fosse nel Far West, scagliava al pubblico frasi come bombe molotov con la testa bollente tipo piastra dei fornelli, e le damigelle d'onore in nero con quei loro ventaglioni spagnoli sussultavano a ogni botto. Dio mio che temporale ha scatenato. Lei porta la mano al petto. Quando s'infiammano partono in quarta che non riesci più a tenerli, son come i rinoceronti, hanno la frenata lunga, peccato che il Melchior gridasse tutte le volte centocinquant'anni anziché centosettantacinque e all'ultima frase gli sia deragliato il cuore. Morto subito. Gli passano dietro la bella donna e l'uomo con la cuffia. L'uomo porta un completo nero e la donna l'abito da sera. Finisce la musica, in sala scroscia un applauso come un acquazzone. Lei lo prende a braccetto, adesso andiamo a mangiare, dice.

Al concerto la sera tardi. – Domattina andiamo in carrozza, dice lei, renditi conto, noi due in carrozza, è tanto che lo sogno. Lui tira fuori l'acqua di Colonia dal suo sacchetto e ne svita il tappo. Lei raddrizza la schiena e stringe la borsetta. Quanta gente fine, dice, adesso facciamo parte anche noi della crème caramel. Vanno incontro a morte certa pure loro, dice lui guardando verso il bar. Sul bancone ci sono delle candele accese. Quanto tempo che non andavamo a un concerto, fa lei, sono anni ormai, allunga il collo, lo vedi quello là davanti al camino, suona senz'altro che è una meraviglia, sono quattro musicisti proprio come sul Titanic. Sul Titanic il terzo camino era solo di decorazione, fa lui. Ce ne saranno anche sul Queen Mary, dice lei, là sopra è come in una fiaba. La mia musica preferita è quella della pancetta in padella, dice lui passandosi l'acqua di Colonia sul collo. È seduto vicino a una donna incinta vestita di nero. Una volta mi piacerebbe anche andare all'opera, non ci siamo mai stati, fa lei. Verso la fine il povero Paul andava soltanto all'opera, dice lui togliendo il berretto, a vedere Puccini, dopo che gli è morta la Mary sempre e solo La Bohème di Puccini, quello e nient'altro voleva sentire, poverino. Al funerale se ne stava là impalato senza dire una parola, ed era grigio, e tirava un vento, e poi ha cominciato a piovere e lui continuava a star là immobile sotto la pioggia, ha piovuto per trent'anni, Dio santo come pioveva, ti sanguinava il cuore a vederlo così davanti alla fossa, e ti chiedevi quanto contava di restarci, non poteva mica restarci in eterno, che a un bel momento bisogna andare avanti, ma lui niente, se ne stava là sotto quella pioggia con uno sguardo che ti faceva correre i brividi giù per la schiena, e non si muoveva. Si passa la mano sugli occhi. Vien buio in sala.

into avvede un muro di nuvole grigie. Tuono, turandosi le teste fra le spalle. Lontano si abbatte un lampo. Lui conta i secondi fra tuoni e lampi, ossanta trelx, saranno botte da orbi, qui Pietro ci prende a mazzate sul gobbo. Anche lei, alle sue spalle, scruta il cielo, fra il ventaglio in mano. Gesù bifuria, ha disaglia noi avrilli ha imbizzarrito, sessuoru lui, il temporale è a distanza di scarica, siamo fuori. Quando lo vidi due le mani sulla barca, trema il cielo e vengono a prenderci. Una cornacchia bagga sopra di loro. Tuoni e bugli. Oh i bu dei cieli, dice lui e si sa il segno della croce, gli cade la poltra a sonagli, se solo lo brar rev id a casa, siamo perduti. Vedi invece, dice lei e si guarda intorno, tutte queste farfalle nere.

La mattina a letto. – Non resta altro da fare, ci tocca alzarci ogni giorno da capo, dice lui rivolto alla finestra. Filtra il sole dai vetri. Lui cerca la radio nel sacchetto che ha lasciato accanto al letto, l'accende e l'avvicina all'orecchio. Sei già sveglia, tesoro, chiede. Hai russato, dice lei fissando il soffitto. Lui la guarda, chi, io? Sì, tu, risponde lei, prende gli occhiali dal comodino e se li mette. Erano i vicini di stanza, qui ci sono i muri sottili, con questi vecchi muri si sente tutto, a Roses era già un'altra cosa, che là l'albergo aveva dei muri spessi come si deve, non come questi qui. Lei guarda fuori dalla finestra e tiene la coperta stretta al seno. Di sicuro non ero io a russare, uno come fa a russare se non dorme, renditi conto. Intendo ieri sera, dice lei, al concerto. Come scusa, chiede lui voltandosi verso di lei. Appena hanno abbassato le luci hai spento l'amplifon e gli hai tolto le pile, ti ho visto benissimo, dice lei. Suonavano così forte che si sentivano anche senza e non è che adesso abbiamo soldi da buttar via, volevo risparmiare le pile, sono pile maltesi, bisogna starci un po' attenti, così a Pasqua possiamo dare un po' di più in elemosina. Mia nonna accendeva l'amplifon solo la domenica. Si tira a sedere sul letto e alza le braccia, che vuoi farci se uno non riesce a dormire. Chi non sa addormentarsi non riesce a morire, dice lei e si mette seduta sul letto, perché non si è mai allenato ad abbandonarsi, il sonno è una piccola morte, lo diceva sempre la mia nonna con l'occhio di vetro quando non riuscivamo a prendere sonno, ci faceva correre i brividi giù per la schiena. I francesi la vedono in un altro modo, dice lui, si alza e fa il giro del letto, hai visto le mie calze? Senza le mie calze rosse non vado da nessuna parte, le calze rosse ti fanno sentire ben piantato per terra. E quand'è finito il concerto ti sei ubriacato, dice lei e stringe le labbra. Chi, risponde lui e la guarda, io?

In cantina. – Lui vorrebbe riaprire le porte per salire sull'ascensore che invece se ne va, urca, siamo fritti, dice. Dove sei, chiede cercandola a tentoni. Dove vuoi che sia, fa lei, dall'altro lato, te l'avevo detto che era meglio scendere a piedi, ma figuriamoci se tu… Dove, chiede lui muovendosi al buio e frusciando con il sacchetto. La torcia si accende, voilà. Non posso fare le scale col mio ginocchio, dice lui, e una grama volta che ci sono gli ascensori non vedo perché scendere a piedi.

Ma dove siamo? In cantina, più in basso non si può, risponde lei, te l'avevo detto che non andava a finir bene. Più in basso si può eccome, il problema è come facciamo a tornar su, dice lui percorrendo il muro con la torcia, Gesù Maria, se ci trovano qui con la torcia ci prendono per criminali e ci sparano tre colpi alla schiena, come al Lorenzo, che l'hanno cementato vivo. Spegne la torcia. Adesso però riaccendila, fa lei. Fossimo rimasti a casa, dice lui, questa è la fine, chi l'avrebbe detto che saremmo morti di fame sottoterra, dimentichiamo che ci dimenticheranno, ma uno non può scegliersi che fine fare, sospira. Vuol dire che il tuo Titanic salta. Queen Mary, lo corregge lei. Sì sì, fa lui, sul tuo Titanic sarà stato proprio così, solo la crème poteva permettersi la prima classe, e noi ci saremmo ritrovati al buio come il Giovanni Pastore. Come chi, chiede lei. Il Giovanni che lucidava tutti i cucchiaini del Titanic, qualcuno doveva pur fare anche quello, ma chi è giù in cantina non interessa a nessuno. Invece la vita non è fatta solo di protagonisti, eroi, duchi e principesse, c'è anche tanta altra gente. File e file che hanno percorso a piedi come tante formiche le strade dalla Surselva ai passi, e da lì a spalar carbone nelle cantine di questi palazzi. E non tutti, di gran lunga non tutti hanno trovato la via del ritorno. Lei lo cerca tastoni e gli toglie di mano la torcia, bene, dice e la accende. E qui c'è il bottone dell'ascensore. Lo schiaccia. Che ci porta direttamente in cielo o cosa, chiede lui. No, per adesso alla tappa intermedia, dice lei, dove ci danno la colazione.

In carrozza. – Ma quelli non sono i due pistoleros, le bisbiglia all'orecchio lui indicando avanti col mento, sicuro che ci pelano come quel gondoliere con la maglia da galeotto a Venezia, ci ha scucito mezzo fondo pensione solo per farci fare il giro dell'isolato. Era bello come cantava, fa lei. Bello è a casa sul divano, dice lui. A cassetta ci sono due uomini. Uno indossa una tuta blu e ha una fascia in fronte. L'altro fuma e scrive qualcosa sul cellulare. Bevono birra. Sono ubriachi, dice lui, ci fanno uscire di strada e precipitare, meglio se andiamo a piedi, e si alza. Pensa al tuo ginocchio, dice lei, dai, risiediti. Cosa il mio ginocchio, chiede lui voltandosi verso di lei, è già quasi guarito, scendiamo prima che capiti il patatrac. Allora, visto che il tuo ginocchio è tornato a posto, domani possiamo fare quella camminata lunga. Eh ma chi dice che domani va ancora bene, fa lui, domani è venerdì, e di solito il venerdì mi viene il mal di schiena, chissà come sarà, domani. Pensione non vuol dire prigione, dice lei. Domani è venerdì, fa lui, si commemorano i morti e le povere anime, è così da sempre, altro che andare in gita. La carrozza parte con uno strattone, lui si aggrappa e si rimette seduto, uno ha sempre il fiato sul collo, non mi stupisce che così tanta gente muoia appena va in pensione quando finalmente potrebbe godersi un po' di riposo, e invece no, ti trascinano da una parte all'altra come un cammello in calore, che per lo scheletro è veleno, quando invece potremmo metterci giù belli comodi sul divano o sotto il fico in giardino e riposarci un po' adesso che siamo padroni del nostro tempo, ce lo siamo guadagnato, o no? Sì, adesso abbiamo tempo, dice lei, adesso possiamo concederci tutto quello che sogniamo da una vita, i giri in carrozza, i massaggi, il corso di computer, la crociera sul Queen Mary, il negozio di fiori e un volo in elicottero. Brava, aggiungiamoci pure anche un giro in mongolfiera, dice lui e si tappa gli occhi con la mano. Dio mio, se ci rendessimo conto che stiamo per morire. E voglio andare anche a San Francisco, dice lei. Ma il giro in carrozza è incluso, chiede lui girandosi verso di lei. Ha il sacchetto di plastica in mano e il berretto da baseball in testa. L'aria che c'è quassù è un'aria di eternità, dice lei, inspira a fondo e appoggia la testa, e senti gli uccelli come cantano, il dottore ha detto che ti fa bene alla circolazione. Siamo solo all'inizio, adesso si comincia davvero, il paradiso ci aspetta. Quassù l'aria è troppo rarefatta invece, dice lui, non si può neanche respirare come si deve, fai quattro passi e buffi come un ronzino, guarda quel cane sul ciglio, dice indicandolo, lo vedi com'è stravolto, non cammina mica come un cane normale, sta per stramazzare, guardalo ti dico, vedi come gli pende lo straccetto di bocca, e gli manca pure una gamba. Lei gli prende la mano, si avvolge la coperta tutt'intorno e mette la testa sulla spalla di lui. Chiude gli occhi. Piantala di lamentarti o divorzio, dice e gli si stringe vicino. Cosa, dice lui, cos'hai detto? Niente, tesoro.

In chiesa. – L'organo suona, la gente si alza. Chi è, chiede lei voltandosi a guardare la bara che viene portata in chiesa. È il morto, le sussurra lui lanciando un'occhiata indietro. Questo lo so, fa lei, ma come si chiama? Lui prende i necrologi dalla tasca della giacca e li spiega, si chiama, li fa passare uno per uno, aspetta, mh, questo non è, quest'altro neanche, mh, forse Georg, mh, no, sfoglia ancora, Giusep, esatto, si chiama Giusep, sessantasette anni, nato in primavera, morto in autunno. Ripiega i necrologi e li rimette in tasca, stringe la cravatta, toglie il berretto da baseball e guarda avanti. Gli fischia l'amplifon. Nella mia famiglia le donne campano cent'anni, gli sussurra lei, il record è della bisnonna con centotré, ha fatto il salto più lungo di tutti, invece purtroppo gli uomini muoiono a sessanta. Non è che ci sia tanta gente oggi, fa lui studiando la situazione, dici che arriva ancora qualcuno? Come mio padre, dice lei, se n'è andato una domenica di primavera, al mattino si è messo l'abito buono ed è uscito. Prima si è fermato sulla porta e si è voltato indietro. Ha munto le sue tre vacche all'alpe, gli ha dato da mangiare, le ha accarezzate, quando ha finito ha pulito la stalla ed è crollato sulla soglia. Una bella morte. Sfoglia il libro dei canti. Adesso sarebbe l'ora del Kyrie eleison, dice lui controllando l'orologio da taschino. L'autunno dopo mia madre si è persa nel lago di notte per la tristezza, prosegue lei, portava una camicia da notte bianca. Si soffia il naso. Alla fine non parlava più, cantava soltanto, almeno trovava un po' di consolazione nel canto. Il canto non è lontano dal pianto, dice lui seguendo con gli occhi la bara mentre passa in spalla ai portantini. Beato chi è sepolto a casa, nella sua chiesa, mormora tra sé, prende una caramella dalla tasca della giacca e la apre, si sente il fruscio della carta. La grande arte della vita è la morte, dice e infila in bocca la caramella. Ne vuoi una anche tu? I quattro portantini depongono la bara davanti all'altare. Il prete si fa il segno della croce, alza le mani e guarda su in alto, fa un cenno col capo, l'organo attacca, la gente canta.

Al cimitero. – Tuona, il vento soffia sul cimitero. Per terra rotola un cappello. È il föhn, dice lui tenendo fermo in testa il berretto da baseball, il cielo si è coperto di nuvole scure. E tra poco arriva un altro temporale, aggiunge e guarda in cielo, ma finché dura il föhn non piove. Passa tra le tombe, il föhn ha già fatto perdere la ragione a tanti, tipo alla Claire che suonava l'organo in chiesa con quei capelli biondi e sottili come l'erba d'autunno, una ragazza carina, io facevo andare i mantici insieme al povero Paul, soffiavamo la vita nei polmoni dell'organo, Madonna com'era intelligente la Claire, se a scuola non prendeva il massimo dei voti piangeva da riempir dei secchi, ma il föhn era il suo tiranno, quando arrivava le tramortiva la testa, e poi si sono aggiunti il tinnito e le emicranie e i demoni finché è uscita di senno e si è impiccata ancor prima che la vita cominciasse davvero, povera, si fa il segno della croce, se n'è andata a diciassette anni. Io mi ero appena comprato il primo motorino, uno usato. Cammina tra le file e legge i nomi sulle lapidi. Lei lo segue e si ferma davanti alla tomba scavata di fresco. Non è strano che nessuno abbia tenuto il discorso funebre, chiede. Se in chiesa c'erano quattro gatti chi doveva tenerlo il discorso, scusa, fa lui, che roba balorda però, nemmeno il banchetto funebre, scuote la testa, senza l'ultimo pasto le anime non vanno lontano, ma cosa vuoi, si risparmia su tutto. Almeno dargli dietro qualche parola per il viaggio, dice lei col vento che le alliscia i capelli. Delle volte è meglio tacere, fa lui e prende un pezzo di pane dal sacchetto di plastica. In Olanda i discorsi funebri li fanno tenere ai poeti, me l'ha raccontato il Niklas che lavorava alla seggiovia e la spegneva sempre mezz'ora prima per arrivare in fretta all'osteria dalla sete che aveva, lui lo saprà bene, viene da lassù. Quando i morti son rimasti senza parenti il discorso lo fanno i poeti, che puoi immaginarti cosa mettono insieme, io a ogni modo il mio discorso me lo sono scritto da solo, tira fuori un foglio dal sacchetto e lo alza al vento, non che poi contano delle fesserie, e sull'altro lato c'è il testamento, aggiunge girando il foglio che svolazza. Lei si siede sulla panchina addossata al muro della chiesa e fa correre lo sguardo su vette e pendii. Tiene la borsetta sulle ginocchia. Le ceneri del Paul le abbiamo affidate al vento sul Piz Noir, dice lui guardando verso le nuvole, e il vento lo ha portato via, lo ha portato dalla sua Mary, la fossa gli sarebbe stata stretta, gli spiriti liberi bisogna lasciarli liberi, non sono fatti per una cassa di legno. Andiamo, dice lei, che ne avremo di tempo da passare al cimitero. Seduto di fianco a lei c'è un vecchio con degli occhiali da sole rotondi che mangia nocciole. Se ne sono già andati in tanti, esclama rivolto alle tombe, e non sono tornati tutti, anzi, intere generazioni se ne sono andate e non sono mai più tornate. Se n'è andato anche il Jim, era rimasto colpito da come il Jules-Philipp aveva trasformato i sassi in pepite d'oro a Parigi, e allora ha tirato su le sue quattro cose, si è imbarcato a Amsterdam sull'ultima nave e se l'è filata in America, la zucchina. Voglio andarci anch'io a New York, dice lei e passeggia per il cimitero accarezzando le lapidi con le dita. Lo prende a braccetto. Si avviano sulla ghiaia verso l'uscita. Fortuna che prima di andarsene ha fondato la squadra di calcio, dice lui, così almeno non ce lo dimentichiamo. Guarda indietro un'ultima volta e si fa il segno della croce. Al di là del muro di cinta passa un uomo con una pala. Porta un cappello impolverato e canticchia. Il vento spazza il cimitero.

Sul muretto. – Ci meritiamo un piccolo aperitivo, dice lui prendendo una bottiglia di vino dal sacchetto di plastica, e ringraziamo i romani. Per cosa, chiede lei e si liscia i capelli. Per questo, dice lui mostrandole la bottiglia, è una magnum, come il revolver, aggiunge, questa bella bevanda ce l'hanno insegnata i romani, e non è solo buona, fa anche parlare la gente. Adesso mi è tornato in mente cos'ho sognato stanotte, dice lei e si siede sul muretto sollevando l'abito, ero sul balcone e un'aquila mi ha detto: non guardarmi negli occhi o sei perduta. Questa è zona romana, dice lui prendendo il cavatappi dalla tasca della giacca, sono transitati qui con spada, carro e destriero, per la piana e poi laggiù in fondo patapam, indica il punto con la mano, giù nel baratro fino a Chiavenna, sì sì, i segni delle ruote sulle rocce si vedono ancora oggi, con la misura esatta dell'asse, un metro e zero sette. Che sogno strano, dice lei e prende due bicchieri dalla borsetta. Era romano anche il vecchio Alfonso con la benda sull'occhio, dice lui infilando il cavatappi nella bottiglia, lavorava a Roma, alla reception di una radio, e tutte le mattine andava in periferia, si fermava in un parcheggio e suonava il flauto traverso in macchina per mezz'ora. Ne aveva bisogno, dice stringendo la bottiglia tra le ginocchia, me l'ha raccontato lui dopo che la sua bella Rosa con la coda di cavallo l'aveva lasciato per quel mafioso, quel ciccione con la colt pesante che però suonava un jazz coi controcoglioni al pianoforte, lui s'era trasferito da noi e stava con la Rosanna, la cubana che lavorava al club. Aveva una Punto, dice e cava il tappo dalla bottiglia, gestiva il distributore. Cosa mi avrà voluto dire l'aquila, si chiede lei guardando il cielo. Ed era un bravo benzinaio, solo che fumava mentre ti faceva benzina, dice, chiude un occhio e versa il vino nei bicchieri, e un bel momento è saltato per aria con un'esplosione che non ti dico. Lei si mette gli occhiali da sole. Fortuna che avevo già fatto rifornimento, dice lui posando la magnum sul muro, altrimenti non sarei arrivato fino in città, e mentre scendevo la strada ho fatto appena in tempo a vedere nello specchietto le fiamme che divoravano il cielo. Bon, dice e prende uno dei due bicchieri, almeno è uscito di scena come si deve, è l'ultima nota che conta, è come si muore che decide tutto, non come si nasce, ma adesso brindiamo, dice alzando il bicchiere, a noi.

Davanti al chiosco. – Lei sta dando un'occhiata alle riviste esposte sul ripiano. Dietro al vetro del chiosco è seduta una ragazza che sfoglia Annabelle. Ha gli occhiali grandi come una vetrata. È carina, dice lui e annuisce. Delle altre donne dici sempre che sono carine, adesso ti fermi a guardare anche 'sta ragazza con gli occhiali, non hai mica più vent'anni, dice lei voltandosi verso di lui. Si può sapere cos'ho sbagliato di nuovo, dice lui alzando gli occhi al cielo, e poi non ce li ha gli occhiali. Figurati, dice lei, certo che ce li ha, forza, vai a dirle che è carina e chiuso. Si liscia la manica e raddrizza il fiore nei capelli. Perché scusa, chiede lui e resta a bocca aperta. Adesso non far di nuovo lo gnorri, dice lei. Ma cosa, dice lui, intendevo questa qui, e le mostra l'immaginetta che ha in mano, è Santa Teresa, piace anche a te, o hai cambiato idea? Sfoglia le altre immaginette, è carina anche questa, dice e gliela fa vedere, guarda, è Santa Josianne, e continua a sfogliare. Lei si gira dall'altra parte, prende una nuova rivista dal ripiano e mette giù la vecchia, mh, non so quale scegliere, e ne prende una terza. Il parroco andava al chiosco tutti i giovedì, sempre il giovedì, la vecchia Mena doveva tenergli da parte i giornaletti e poi, quando lui arrivava a prenderli, glieli passava infilati dentro il Blick senza dare nell'occhio, Dieus paghi, diceva il parroco e faceva il segno della croce per aria. Sì, il buon Dio ha dato braccia abbastanza lunghe anche al reverendo, oh già, si dà ragione con un cenno della testa e sovrappone con cura le immaginette, prende l'elastico dal polso e lo avvolge due volte intorno al mazzo. Lei infila le riviste sottobraccio e prende i soldi dalla scollatura. Davanti al chiosco passa una Rolls Royce nera, la seguono con gli occhi tutti e due. Nobili e costose, dice lui, portano le donne veloci a far la cura con i loro bei cani. Il Gustavo, il portoghese, è morto in una così, una morte triste. Faceva il portiere notturno al Grand Palace di Gstaad per potersi permettere la vita da studente e una volta, anziché ritirare la Rolls direttamente in garage, ha preso la deviazione per Montreux ed è finito bruciato sul lago di notte. Il mattino dopo c'era il fumo sull'acqua. Guarda il cielo, per un momento mi ero illuso che schiarisse, dice. Scriviamo una cartolina, suggerisce lei scegliendone una dal ripiano. A chi vuoi mandarla, chiede lui, e chi dice poi che arriva, risparmiamoci i ducati. Io invece avrei voglia di una tarte flambé à la crème noire, che mi pare un tantino migliore come idea. Lei lo prende per i capelli della nuca e lo bacia sulla fronte, hai proprio ragione, tesoro, dice. E come fanno in fretta a perdersi queste cartoline, noi che una volta lavoravamo alle poste lo sappiamo eccome. Scappano di mano e cadono sotto i tavoli in continuazione, un attimo e via, sparite.

Davanti alla posta. – Lei bacia la cartolina e la infila nella buca delle lettere gialla. Sei contenta adesso, dice lui stringendo le labbra, ma noi saremo all'altro mondo da un pezzo e la cartolina sarà ancora qui, giusto perché tu lo sappia. Apre il coperchio della buca e ci guarda dentro, l'ufficio postale è chiuso da decenni, qui non viene più nessuno, la buca è finta come quei contadini laggiù, quei selvaggi con il mezzo sigaro in bocca, si mettono in posa per i giapponesi, rende di più che far fieno, ci sono arrivati anche loro. Che scemenze, dice lei cercando il rossetto nella borsa, stasera c'è il ballo in maschera. Ma se tanto la maschera non ce la togliamo mai, dice lui e la guarda, però il postino lo facevo volentieri, soprattutto per il berretto, io stavo allo sportello e tu giravi a consegnare la posta, finché poi ci hanno licenziato a due settimane da Pasqua e ci siamo trasferiti giù. Eh sì, dice e fruga nel sacchetto di plastica, ai tempi non avevamo ancora la due cavalli, però avevamo il motorino, ci abbiamo fatto un sacco di strada, io davanti, alle corna, e tu dietro, sul portapacchi, scendevamo fino al Nord Italia e poi via il casco, che in Italia il casco lo mettevano solo i killer. E la corriera la guidavano l'Urbi e l'Orbi, i gemelli di Lugnez, ma non chiedermi chi era chi, erano uguali. Le labbra di lei sono rosso fuoco. Quei due marinai avevano solo grilli per la testa, continua lui, una volta hanno tirato così scema una signora anziana a forza di chiacchiere che è andata in confusione ed è scesa una fermata prima. Ruberanno le maniglie persino in paradiso. Lei prende lo specchio dalla borsetta e si controlla le labbra. Lui guarda le nuvole, dopo un funerale non bisognerebbe starsene così per strada, non ha mai portato bene a nessuno. Li supera un parroco in motorino. La sottana svolazza al vento. Lui lo segue con gli occhi, sta scappando e ha il suo buon motivo, dice. Per ora la montagna è seduta da brava dietro il paese come una nonnina, ma non voglio sapere ancora per quanto. Tuona, lui prende l'ombrello dal sacchetto di plastica. Anche il Benedict era convinto di poter contare sul buon Dio e voleva solo finire di tagliar l'erba attorno alla sua baita, quel mucchio di assi che se ne stava in mezzo al prato come un pacco sorpresa, e invece è arrivata la montagna. Mh, la osserva. Alla vita non scampiamo, dice lui, ma neanche morire vale la pena, costa troppo caro.

Davanti alla tivù. – Lui è in poltrona davanti alla tivù, lei è nella vasca da bagno. Va' come litigano, dice lui guardando un programma, gli uomini si beccano come galline perché sono uomini. Oh già, continua scuotendo la testa, in questo siamo tutti uguali, a Hong Kong come a Honolulu, ci becchiamo non appena ci toccano la pagnotta. La donna nella hall era una diva del cinema, gli grida lei dalla vasca da bagno, l'ho già vista in tivù. Quale, chiede lui saltando da un canale all'altro. Quella con l'abito trasparente che è arrivata in limousine, quella con gli occhi speciali, risponde lei passandosi una mano sulle gambe, oh com'era bella, aveva la primavera nello sguardo. E l'autunno sulla schiena, dice lui, ma l'hai vista che schiena? Un graffito da cima a fondo, tutta tatuata, come gli alberi nella nebbia d'inverno, un intero bosco della Germania dell'Est. Adesso abbiamo visto persino una star del cinema, esclama lei e canticchia un motivetto. Ti credo che quei fotografi con gli obiettivi grossi come cosce la fotografavano più volentieri da dietro, fa lui. Lei aggiunge un po' di acqua calda. Però quello che ha inventato il televisore ci sarebbe da farlo santo, quello sì che ha anticipato i tempi, dice lui e si sistema gli occhiali, anche il povero Paul guardava volentieri la tivù, si metteva lì bello tranquillo, aggiunge con in mano una fetta di torta su un piattino. A me piace da matti guardare la tivù, sono le ore grandiose della vita. La sente cantare nella vasca da bagno. La finestra è aperta, il vento soffia la tenda nella stanza. La volta che abbiamo comprato il primo televisore me la ricordo finché campo, da Peng a Ilanz, dice lui, mi ero messo apposta il completo con il farfallino rosso e tu quel vestito triste di Lisbona, aveva tre canali, se volevi guardarli bastava che ti ci piazzavi davanti e lo accendevi, comodissimo. Non come prima, che tutto il paese si ammassava in soggiorno dalla zia Milia, la stanza era piena come la metro di Milano nelle ore di punta. Assaggia la torta, mh, ostia se è buona. Ah, Milano, dice lei, adesso che si rimischiano le carte non abbiamo più scuse. Voglio andare alla Scala, è un sogno che ho da quand'ero bambina. La Scala è uno spettacolo, immerge i capelli nella vasca rovesciando la testa all'indietro e guarda il soffitto, mia madre ci è andata con l'abito nero del Cairo, quello a fiori, me lo raccontava mentre impastavamo il pane. Chiude gli occhi, e magari poi non c'è mai stata, aggiunge, ma non importa, quando me lo raccontava le brillavano gli occhi come diamanti. Prima che la zia Milia prendesse il televisore c'era solo il teatro nella sala sopra all'osteria, dice lui, una meraviglia, lo aveva messo su quel francese quando era tornato da Parigi, il Francestg. Per entrare bisognava portarsi la sedia, anziché pagare il biglietto. Anche se a me piace di più il circo, aggiunge e finisce di mangiare la torta, solo il parroco con il gomito del tennista diceva che fa male come masturbarsi, rimette il piatto sul carrello con il bordo dorato e salta da un canale all'altro, notare che si masturbava pure lui e poi raccontava al buon Dio che lo aiutava contro il mal di testa. Non vorrai farmi credere che quelli dormono sempre con le mani sopra la coperta, e toccarci dentro è un attimo. Lei canticchia, l'acqua sciaborda. Lui si sporge in avanti e alza il volume. Il parroco scriveva paginate di articoli sul Calender Romontsch su quant'era dannoso il cinematografo. Strano che non gli venisse male alla mano, mah, chi lo capisce è bravo. Be', certo, Dio è instancabile. Si alza e va al minibar, si ferma ad ascoltare, lo apre. Cosa stai facendo tesoro, chiede lei dal bagno. Io, risponde lui, niente, perché? Perché di colpo non parli più, fa lei. E allora, l'Eduard non ha detto niente per i primi diciott'anni, fa lui e si china a guardare nel frigorifero, il monello non parlava, non ti dico i medici che sono entrati e usciti da quella porta, e nessuno che sapesse dire perché non parlava. Poi un bel momento a diciott'anni ha chiesto al padre di passargli il sale. Prende una tavoletta di cioccolata dal frigorifero e se la infila nella tasca della giacca. E quando gli hanno chiesto perché non aveva parlato prima, ha risposto che prima andava tutto bene. Richiude il frigo senza far rumore e si rimette in poltrona davanti alla tivù. Hai intenzione di restare nella vasca fino a Pasqua, chiede scartando la cioccolata. Lei ha ripreso a canticchiare. A noi per Pasqua ci regalavano ancora le banane.

Sotto il cielo stellato. – Una stella cadente, dice lei indicandola, make a wish. Scusa, dice lui e la guarda. Lo dicono nei film, spiega lei, esprimi un desiderio. Cadono le stelle dal cielo, dice lui, ma come vuoi tu, domattina torniamo a casa, però dopo colazione. No, dice lei dandogli un pizzicotto sul sedere, un desiderio vero. È uno vero, dice lui, persino il più grande, risparmiamoci l'ultima notte, tanto ormai sappiamo com'è. Già che siamo venuti adesso andiamo fino in fondo, dice lei. Sentono ridere una donna da dietro l'angolo dell'albergo. Poi lui la vede passare insieme all'uomo con la cuffia. Non vogliamo sapere dove sono stati quei due lì, e ancora meno dove stanno andando. Lei le sorride e la saluta con un cenno. La giovane donna ricambia il saluto. Se l'amore comincia in autunno finisce in morte, dice lui e si fa il segno della croce. Anche il povero Paul ha incontrato la Mary in autunno, era seduto su un albero e lei ci passava sotto, ecco com'è cominciata la tragedia. Guarda le stelle. Ha un bel sorriso, dice lei stringendosi il foulard intorno al collo. Non sanno quello che fanno, dice lui e prende la radio dal sacchetto di plastica. L'accende e l'accosta all'orecchio. L'antenna è spezzata. Che cosa ascolti, gli chiede lei. Una trasmissione in francese, fa lui. Hai imparato il francese stanotte, chiede lei. No, dice lui, ma mi tranquillizza. Lei piega la gamba destra e si liscia l'abito di lustrini, oggi sono Brigitte Bardot, guarda in alto, le stelle scintillano come diamanti. Tutti quei morti lassù, fa lui rivolto alla stellata. Al povero Paul piaceva la notte. Di notte il tempo passa più adagio. Ma torniamo dentro, sta venendo fresco, altrimenti finiamo come il Gaspoz al passo dell'Oberalp. Lei lo guarda, mais oui, fa lui, quando siamo arrivati su d'inverno col primo treno e lo abbiamo trovato seduto lì che sembrava messo in fresco. Era congelato, fa lei. Lo so, dice lui, era seduto nella neve come un filosofo ibernato, il mento appoggiato alla mano e tutto rivestito di ghiaccio. Rientriamo dai. Da giovani ci sdraiavamo in giardino a guardare le stelle, dice lei. Non siamo più giovani grazie al cielo, dice lui, eccome se sembra lunga la strada da laggiù a fondovalle fin qui in cima, quarant'anni a piedi, e di scorciatoie non ce n'è. Non me la faccio un'altra volta 'sta scarpinata, toglie il berretto e si passa la manica sulla fronte, se guardi giù dalla cima è come leggere una cartella clinica, all'inizio ti fa male questo, poi la schiena, dopo i piedi e il bacino, poi il cuore non pompa più come dovrebbe e hai la testa storta, ti scricchiolano le ginocchia, ti si lussa la spalla e ti cambiano la prima articolazione, ci aggiungono un po' di viti e piombature, e altri dettagli te li sistemano strada facendo, e più ti trascini in cima come un vecchio gendarme, più ti ingrigisce la testa che a un certo punto sembra un cespuglio anni dopo un incendio, e sei sordo dal dolore perché di colpo ti fa male tutto e ti riavvitano insieme come riescono, si rimette il berretto, ah, essere umani stanca.

Al bar poco prima di mezzanotte. – Un altro cognac per favore, dice lui al cameriere coi baffi e alza il bicchiere. Porta la tuba. Tutto scorre, hic, dice, ma se non abbiamo scelta ci resta il cuore. Le toglie di mano il drink e si scola pure quello, e già che c'è ne serva un altro anche alla mia metà, che offre la casa, dice, così trascorre la gloria del mondo. Leva il bicchiere verso la pendola dietro il bancone che segna poco prima di mezzanotte, a che rinsaviamo, cin. In piedi al bancone vicino a lui c'è una ragazza con il braccio destro tatuato. Anche alla zia Leta piaceva l'elisir dell'oblio, dice lui, e a mezzanotte si uniscono al brindisi i parenti lontani. Cosa ti blateri, dice lei, non bere così in fretta. Lui fa un cenno al cameriere. Guarda quello laggiù, il lanciatore di coltelli con le braghe gialle seduto nell'angolo, dice lui sistemandosi la tuba, è senz'altro di Marsiglia, quella è gente seria, che lì han visto il diavolo. Io avevo un apprendista di Marsiglia, si chiamava Jean-Baptiste, hic, quando facevo ancora il rappresentante di aspirapolvere e ci trascinavamo dietro quei colossi da una casa all'altra per dare spettacolo sui tappeti costosi delle signore perbene, a lui potevi raccontargli le cose più divertenti della vita, ma morire se rideva. È gente che ride solo quando torna a casa sua, hic. Un altro cognac per favore, dice e alza il bicchiere verso il cameriere, lo beveva anche il povero Paul. Il cameriere gliene serve un altro. È strabico. Brindiamo ai tristi, dice lui alzando il bicchiere, i tristi sono i saggi. Lei si muove a tempo di musica davanti al bancone. Sul muro c'è un cartello,

VIETATO IL BALLO SALTATO. Uno fallisce per tutta la vita e alla fine gli tocca pure morire, ricomincia lui tirando fuori un gratta-e-vinci, per fortuna che ci resta da giocare. Prende una moneta dalla tasca dei calzoni e gratta le parti argentate, vincere si può solo al gioco, non nella vita, gratta ancora e si passa la lingua sul labbro, ma se uno non è fortunato oggi, allora quando. Il cameriere gli serve un altro cognac. Lui alza la tuba, lascia il gratta-e-vinci sul bancone e mette via la moneta. Nell'angolo ci sono la donna bella e l'uomo con la cuffia, si stanno baciando. Lui sospira e alza il bicchiere, a noi, dice puntando gli occhi al soffitto. La pendola batte la mezzanotte, l'orchestrina suona, lei si sventaglia con al collo il boa di piume rosa, sorseggia il cocktail e guarda il bassista. Come sgobba, dice lui, sembra un fuochista sulla locomotiva. Finisce il cognac e appoggia la tuba sul bancone, vieni baby, dice, che adesso balliamo. La prende per mano, girano in cerchio, stanotte ballano anche i morti, dice lui, e noi ci balliamo via la morte, fuori dalle ossa, ragtime tutta notte, foss'anche l'ultima, finché lo zio del secolo finisce di suonare e gli si incendia il pianoforte, oh darling, dice lei, girano e girano in cerchio sotto il lampadario enorme, lui la regge per la schiena, lei slancia la gamba e si rovescia all'indietro, lui la tira su e le balla intorno, lei alza le braccia, lui le striscia la mano sul fianco e l'afferra per la vita, lei gli prende le mani, si volta verso di lui, continuano a vorticare e scompaiono tra la folla danzante.

Al segnavia davanti all'albergo. – Alla fine tutto quadra, dice lui e si appoggia al palo del segnavia, è il mio ultimo viaggio prima che ci prepariamo al grande sonno, dice e si tiene la fronte, poi nella prossima vita vediamo, si toglie il berretto e si passa la mano nei capelli. Adesso si comincia davvero, dice lei, adesso siamo in pensione, questo è solo l'inizio. Ho steso un elenco delle cose che voglio fare. Sì sì, dice lui, l'inizio della fine, le promesse della notte al mattino son coltelli, e va bene, andiamo a camminare, si rimette il cappello, è il caso che ripassi dalla Olga. Si volta e incrocia le braccia, ma cosa aspettiamo? Lei è davanti alla tabella dell'orario, lo scorre col dito, mh, che ore sono adesso? Meno un quarto, dice lui e rimette l'orologio nel taschino della giacca. Il pullman è appena passato, il prossimo arriva ai quarantuno. Mi arrendo, alza le mani lui. È una vita intera che aspettiamo, aspetti il pullman, aspetti da mangiare, aspetti davanti alla posta, dal prestinaio, aspetti in coda e poi aspetti di poter stare finalmente a casa, e persino in pensione è un continuo aspettare, aspettiamo una vita intera come al Tour de Suisse, ma Godot non arriva, è caduto, dice e si soffia il naso, e adesso aspettiamo anche qui, come se dovessimo entrare subito dal parroco per confessarci un'ultima volta, scuote la testa e prende il barometro dal sacchetto di plastica. Picchietta il dito sul vetro, guarda qui, dice e mette la mano davanti alla bocca, sono prognosi fosche, la lancetta è impazzita, madre mia, si sapesse cosa vuol dire. Sul container vicino alla strada c'è una cornacchia. Me l'hai promesso, dice lei, adesso non ti agitare, amore, la passeggiata ti piacerà, vedrai. Non mi agito manco per niente, qui non si agita proprio nessuno, dice e le dà la schiena incrociando le braccia, lo so che te l'ho promesso, e adesso dobbiamo andare per forza che altrimenti finisco al purgatorio e sarebbe un peccato, o no? Voglio anche imparare a suonare il piano, dice lei, un bel pianoforte nero. Abbiamo attraversato la vita in macchina, non siamo andati a camminare una volta ch'è una, neanche quando avevi il negozio, perfino la gita aziendale una volta all'anno la facevamo in macchina, caricavamo tutti nel missile la mattina, nonne e zie e bambini e bocce e tutto quello che ci stava, passavamo tre passi, dall'Oberalp al San Gottardo, un bel pranzetto alla Coop di Biasca e hop, tutta la banda di nuovo in macchina, su a sinistra per il Lucomagno e la sera eravamo tutti di nuovo qua. Ritira il barometro nel sacchetto di plastica. Chissà perché dovremmo scendere e scarpinare fino al fiume proprio adesso che siamo due vecchi sul rettilineo d'arrivo, chi lo capisce è bravo, alza le mani e scuote la testa, e invece no, l'ultimo viaggio ci tocca farlo a piedi, e per di più di venerdì, quando ci sono le fosse aperte e sarebbe meglio starsene buoni anziché sfidare i fantasmi, contro di loro si perde sempre in partenza. Si appoggia al palo del segnavia, insomma, logico non è, e non credere che così tiriamo indietro l'orologio biologico, quello continua a camminare, prende il suo dalla tasca della giacca e lo carica, lo accosta all'orecchio e ascolta. Lei mangia una mela. Nel sacchetto di plastica squilla la sveglia, lui la guarda, la tira fuori e gliela mostra, ascolta un po', ci saremmo dovuti alzare adesso, ci siamo alzati decisamente troppo presto, il giorno non è mai stato così giovane. Spegne la sveglia. La vuoi finire, dice lei voltandosi verso di lui, ti fa male alla salute. Scommetto che hai buttato le pastiglie nel gabinetto un'altra volta. Chi, chiede lui, io? Il campanile rintocca da lontano. La cornacchia spicca il volo dal container.

In pullman. – Lei si è seduta al finestrino, guarda quell'albero là, dice indicandolo. È morto, aggiunge, un fulmine. Lui ha le scarpe da ginnastica blu con la chiusura a strappo e sta in piedi tra i sedili. Il pullman parte. Come mi è piaciuta l'ultima canzone della notte scorsa, dice lei e guarda fuori dal finestrino. Alle feste migliori c'è anche la morte, dice lui e si aggrappa ai sedili per non cadere. Avrei potuto continuare a ballare per un'eternità, dice lei, fino al mattino, vedevo il mare, ma anche i musicisti hanno bisogno di dormire. Quando balliamo siamo giovani. Sorride e appoggia la testa allo schienale. Ballare è questione di momento rotante, dice lui, e i montanari li riconosci, hanno il ballo asimmetrico per colpa della gamba di valle, dice e si passa il dorso della mano sulla fronte, è sempre un po' più lunga e robusta. Fa subito la differenza, dice lei. Lui si sistema il berretto da baseball, ho dimenticato il fazzoletto su alla fermata, senza fazzoletto sono nudo. Stringe le labbra, come sono tornato in camera stanotte lo sa solo l'onnipotente. Lo so anch'io, dice lei, e poi abbiamo fatto l'amore, una tempesta come nella notte di nozze, e sorride. Fatto l'amore, chiede lui e si gira a fissarla, non ci credo, o per lo meno mi sono svegliato vestito, e torna a guardare avanti, sei sicura? Lei annuisce, mh. Ho sognato che ero un lottatore, dice lui, avevo su una di quelle tutine strette, una blu, ne ho buttati giù quattro di fila e quando avevo davanti il quinto mi sono svegliato, ma avrei capottato pure quello. Il pullman frena, lui si aggrappa al sedile davanti. Madonna come guida, dice continuando a reggersi, non andiamo poi così di fretta. Si tira su diritto, qualche coppia era anche ben assortite, e com'erano agghindate certe madame, tutte decorate tipo mazzi di fiori, scollate come a Parigi, piume in testa e in coda, parecchio spettacolare tutto 'sto glamour, e la lingerie costava tre stipendi di un falegname. Quella in lungo con l'abito rosa acceso era una famosa, dice lei, la vedo sovente su Gala. Quale, chiede lui. Ma sì, quella con le labbra rosse, dice lei, ha dato subito nell'occhio, quando ci siamo fermati a bere le hai chiesto se poteva tenerti la birra e gliel'hai messa in mano. Ah, sì sì, dice lui, aveva un sorriso da vaschetta di fragole, è la moglie di quel calciatore che ha fatto un sacco di gol per anni, sia da una parte che dall'altra, annuisce, correva per il campo che sembrava un mattone ma era veloce come un cavallo. E tutti i monsieur in smoking, dice lei. Sorridono e fanno di sì con la testa persino se gli pesti i piedi, dice lui. Il pullman prende una curva, ostia, dice lui aggrappandosi, non ce lo meritiamo. Ti piacciono i miei scarponcini, chiede lei e glieli fa vedere. Stasera avrai senz'altro le vesciche ai piedi, dice lui, avremmo anche potuto risparmiarci la spesa, tanto finiscono in solaio. Ma sono bagnati, aggiunge e li indica. Si fa così, dice lei, la sera prima dell'escursione bisogna infilarsi nella vasca da bagno con le scarpe. Poi il giorno dopo si frizionano i talloni delle calze con lo shampoo finché fanno la schiuma e le vesciche non ti vengono, ma non fai meglio a sederti? No, sto in piedi, risponde lui. Stai male, chiede lei. Lui non risponde. Lei gli allunga una Sugus. Canta che ti passa, dice. Vuoi mica che mi metta a cantare qua dentro, dice lui, cosa penserebbe la gente? Sospira e si passa la mano sulla camicia, mi sembra d'essere in scatola. Gli cola il sudore sulla fronte, ma al più tardi quando finisce la benzina siamo arrivati. Non serve che gridi, dice lei, devi fissare sempre un punto preciso e non staccare gli occhi di lì. Lui ne chiude uno come per prendere la mira e mormora un canto di chiesa. Il pullman prende una curva. Stridono le ruote.

Alla stazione a valle. – Lui è davanti al distributore delle cicche, ci infila una moneta. Su, vieni tesoro, la funivia sta per partire, lo tira per un braccio lei. Ho ancora da fare, paso a paso, dice lui, mal che vada parte senza di noi, ce ne torniamo indietro e giochiamo a pétanque. Lei è ferma alle sue spalle e incrocia le braccia, me lo hai promesso, insiste. Però certe cose non me le avevi dette, fa lui indicando la funivia con un cenno del mento, alla prima raffica queste lattine si staccano dalle funi, precipitano a fondovalle e restano accartocciate laggiù come dei frigoriferi, finora non ci sono mai salito. Non è così tragico, dice lei, su, vieni. Lo pensava anche il Konrad quando ha prenotato la funivia per fare la proposta alla sua Gertrud lassù al buio, sospesi a guardare le luci di questo mondo sparpagliate come stelle, e allora Dio, amante geloso, ha fatto cadere la funivia ben prima del sì decisivo. Le grandi storie d'amore finiscono sempre in morte, dice lei. L'uomo con la cuffia e la bella donna li superano ed entrano nella porta scorrevole, l'uomo si cala la cuffia sulle orecchie, la donna lo prende per mano e lo tira dentro la funivia. Non li hanno neanche sepolti vicini, dice lui, la guarda e alza le spalle, oh già, chi poteva dimostrare che erano promessi sposi? Lei prende un cappello da pescatore dallo zaino e se lo mette. Anche tu hai una cuffia così a casa, dice lei, o non ce l'hai più? Sì, ma la metto solo per spalare la neve in modo che mi vedano, dice, era del povero Paul, apre il pacchetto delle cicche e ne prende una, qualcosa devo pur mettermi per spalare la neve, che nudi non è tanto facile, e poi ti infilano la camicia di forza e ti chiudono in sanatorio per il resto dei tuoi giorni, come han fatto alla Margrit con le orecchie d'asino, non è mai più uscita. Prende un'altra moneta dalla tasca e la infila nel distributore delle gomme da masticare, trema leggermente. Non devi aver paura, dice lei e lo accarezza sul collo, adesso però vieni. Tesoro, dice lui e si volta a guardarla, andiamo a casa finché c'è ancora un ritorno, chissà cos'è successo nel frattempo, sicuro che son venuti i ladri come la volta che eravamo a cena dalla Betty, ci siamo cascati in pieno, ci hanno vuotato il garage e fregato il tosaerba, oppure c'è il gabinetto che perde e ha allagato la casa come quando eravamo in viaggio di nozze a Firenze e abbiamo fatto tre volte il giro della città, non lo sa nessuno quanti chilometri abbiamo macinato in pochi giorni, e tutti quei biotti di marmo laggiù, ero stravolto come se avessi scalato il Kilimangiare, Kilimangiaro, lo corregge lei, sì, quello pure, fa lui, e tornati tra i vivi pioveva dal soffitto della sala, si era allagato il primo piano perché c'era il gabinetto intasato e non scendeva l'acqua, se succede di nuovo ci bruciamo il fondo pensione, ma tanto ormai ci è già andata a fuoco la casa come agli Schiblig, sì sì, e poi non c'è più, non c'è più niente, tutto morto e sepolto, sepolti e dimenticati da un pezzo anche noi, dimentichiamo che ci dimenticheranno, su, un po' di buon senso, tesoruccio. La gente li spinge da parte per prendere la funivia. Allo sportello della biglietteria c'è un uomo con un dente d'oro che accarezza un gatto. No, adesso ci saliamo, dice lei e lo tira per un braccio oltre la biglietteria, attraverso la porta scorrevole e dentro alla funivia, non è tutta 'sta tragedia. Il diavolo bacia la mano, dice lui e si fa il segno della croce, bacia la propria mano e la alza al soffitto insieme agli occhi.

In funivia. – Lui è fermo al centro e si tiene alla sbarra. La funivia è piena di gente. Chiudi gli occhi e pensa a qualcosa di bello, vedrai che poi stai meglio, dice lei. Lui sospira, precipitiamo di sicuro, madre mia, gli cola il sudore sulla fronte. Non ci vuole tanto, siamo su in un attimo, dice lei facendosi strada tra la gente sino al finestrino. Prova a guardare fuori, gli grida, non hai idea di com'è bello, uh, e come siamo in alto, siamo su di un bel pezzo. Si sistema il cappello da pescatore e infila gli occhiali da sole. Guarda, dice, sì sì, risponde lui, adesso non riesco a parlare, si copre gli occhi con la mano, e poi tanto crolla il pavimento, è di cartone, sotto il peso di tutta questa gente si spacca e precipitiamo nell'eternità, ma quando arriviamo in fondo siamo morti e basta. Ha di fianco un cane, si china verso di lui. Non c'è niente come stare a casa, o no, gli dice e gli accarezza la testa, la prossima volta nasco cane anch'io. Prende una fetta di salame dal sacchetto di plastica e gliela dà. Lei gli torna vicino e lo accarezza sulla nuca. Lui toglie il berretto da baseball e ci infila dentro la faccia, manca ancora tanto? Lei gli ripassa la mano nei capelli, mh, siamo quasi a metà, anche se non proprio, forse a un terzo, o solo a un quarto, comunque siamo arrivati al punto più alto, dice lei. Non dirlo, dice lui, questo preferisco non saperlo. Il cane guaisce. Non serve che ti indori la pillola, dice lei. Lui sospira, oh Padre, Padre nostro, e accarezza il cane, se solo l'ascensore per il paradiso non fosse tanto lento, ma Dio non ha premura, e dire che abbiamo un così bel giardino con tanti fichi, sussurra lui, prende una tavoletta di cioccolato dalla tasca della giacca e la scarta. A Vienna ce n'è ancora uno, di paternoster, dice lei, voglio andare a vederlo, e gli passa la mano tra i capelli della nuca. Un che cosa, chiede lui e addenta la cioccolata. Un ascensore a paternoster, dice lei, quelli senza porte che vanno su e giù a nastro continuo, ci sali e scendi come vuoi. E se tossisci cadi fuori di pancia e ti ritrovi al tappeto, aggiunge lui con la bocca piena. Fortuna che ho messo i mutandoni, e peccato che non abbiamo più l'Henri. Beh, è morto, dice lei, il povero Henri. Sì, l'Henri stava da re nel nostro giardino, dice lui, se solo non ci fossero state tutte quelle passeggiate da fare, non l'ho ancora capito adesso perché uno debba legarsi un cane davanti e girare in tondo, aggiunge e aggrotta le sopracciglia, come non capisco perché i cani debbano sempre avere dei nomi americani. Amore, lo so, dice lei, non possiamo capire tutto, non diventar matto, pensa piuttosto a qualcosa di bello che ti si abbassa la pressione. Sì, ma a cosa dovrei pensare, dice lui, hai paura di lasciarci le penne e devi anche sforzarti di pensare a qualcosa di bello, e a cosa poi, eh? Si infila in bocca l'ultimo quadretto di cioccolato, gli trema la mano, è più saggio pregare per avere la coscienza pulita, così non ti lasciano sulla porta, quando arrivi lassù. Lei prende la macchina fotografica, cucù, e lo fotografa con il cane. Lui gira la testa verso di lei. La funivia si ferma e oscilla. Lui trattiene il fiato.

Alla stazione a monte. – Non è poi stato così tragico, dice lei. È un'illusione, dice lui, l'ultimo colpo di coda prima della fine, però quel cane là era bravo. Un bel momento anche mia nonna si è ripresentata in sala dopo esser stata in punto di morte per settimane, stesa a letto come in una bara, è ricomparsa tutta pimpante e fresca come una rosa, ha detto salve gente, vado dal prestinaio a prendere le brioche ed è uscita di casa chiudendo la porta con una verve che non riuscivamo più ad aprir bocca. L'abbiamo poi trovata la sera, quando stava tramontando il sole, sul colle sopra il paese. Era seduta sulla panchina rossa sotto le tre betulle ed era morta. Di fianco aveva la busta delle brioche. Prende tre noci dal sacchetto di plastica e un cucchiaio dalla tasca dei calzoni. Cosa desiderare di più, dice lei in piedi su un pozzetto di cemento davanti allo scenario montano. Sono giornate limpide come vetro, aggiunge proteggendosi gli occhi con la mano. Qualche desiderio io lo avrei, sussurra lui, preme il cucchiaio contro il taglio della noce, nella fessura sottile, lo gira e la apre, ah, dice, è un trucco che mi ha insegnato il povero Paul quand'eravamo bambini, dovremmo farlo brevettare, diventeremmo miliardari, come quell'australiano con il cappello che prima di perdersi nella giungla ha inventato le gomme blu per attaccare i fogli al muro, le Blutap, mangia la noce e ne apre un'altra. Sì sì, il Paul era una testa fina già da bambino, ma naturalmente a quelli come lui non ci pensano mai, gli uffici hanno deciso che ci voleva non so quale educazione speciale e lo hanno messo seduto vicino alla finestra in fondo con la scusa che i cavi della sua centralina erano collegati male, e il poverino ci è quasi morto di noia, sì sì, gli intelligenti ce l'hanno dura, il Paul era solo più avanti di noi di una ventina d'anni. Ma qui si deve esser scarsi, chi è intelligente è sospetto, e pensare che le aquile soffrono proprio come gli asini, oh già. Rompe un'altra noce con uno schiocco. Iperintelligenti li chiamano in gergo, o una cosa del genere, e così è rimasto seduto alla finestra nell'angolo in fondo per nove anni con la cuffia in testa, senza dire una sola frase completa per ripicca.

Infila la noce in bocca. Ops, gli è caduta la noce per terra, la raccoglie, uno riconosce al prossimo solo la grandezza di cui è capace anche lui e con la gente di quegli uffici la botte è presto vuota, altrimenti non lavorerebbero lì, prendi la Clemont con la sua messa in piega, quarant'anni di carriera, ha fin bucato la sedia a forza di starci sopra ed è stata la cosa più grande che ha fatto, e adesso ha una pensione alta come una funivia. Pazzesco quanto sono lenti, uno non riesce neanche a concepirlo, non fanno in tempo ad alzarsi al mattino che è subito sera, e una sberla più tardi sono in pensione a guardar fuori dalla finestra. Tesoro, il cuore, dice lei, il dottore ha detto che non devi andare in escandescenze così, si sistema gli occhiali, cerca di non scaldarti. Tieni, fammi una foto, gli dice e gli tende la macchina fotografica. Questo mondo è solo per i polentoni, dice lui e prende la macchina, ma chi non vuole niente dalla vita, non si fa problemi ad aspettare. Fa dieci passi indietro, il povero Paul ci ha sofferto come un cane, per calmarsi andava a sedersi su un albero e leggeva in continuazione il Don Chisciotte, e dopo averlo letto una dozzina di volte, dice lui voltandosi verso di lei, ha girato il libro a testa in giù e si è messo a leggerlo alla rovescia. E proprio in quel momento passava sotto l'albero la sua Mary. Si inginocchia e guarda nel mirino della macchina, suo nonno aveva detto che era un bastian contrario già quando è nato. Preme il pulsante arancione della Polaroid. Esce la foto da davanti. Questa la mettiamo nell'album, dice sventolandola, così almeno si sa che siamo esistiti, non fai in tempo a morire che già ti dimenticano, e quel che resta sono un paio di foto, una qui, una là, un gran casino, l'ordine arriva solo alla fine. Bisognerebbe aggiungerci ancora luogo e data, ma a matita come vogliono gli archivisti. Lei gli prende di mano la foto, la infila nel suo quadernetto e lo ritira nella tasca della giacca.

Sui pendii. – Lei procede veloce sul sentiero stretto, ha la sciarpa sulle spalle e supera una coppia più anziana che cammina con i bastoncini da sci. Pardon, dice costringendoli a farsi da parte. Ha la macchina fotografica in mano. Le vengono incontro tre ciclisti. Lui è sul ciglio del sentiero e guarda il cielo, oh oh, esclama, pulisce gli occhiali con un angolo della camicia e se li rimette. Nel prato c'è uno sci con la scritta Rossignol. Aspetta un attimo, le grida lui, non è una gara, oggi niente coppe in palio. Lei si ferma su un poggio e si gira verso di lui, forza, dai. Gli viene incontro un gruppo di giapponesi. I giapponesi salutano, grüezi. Ostia che traffico, fa lui, ci vanno in processione su questi sentieri. Quando eravamo bambini noi, prima che tirassero le cerniere su per le montagne ci portavamo gli sci in spalla fino in cima e scendevamo a valle come matti. Si ferma e alza l'indice, nelle chiome degli alberi ci finisci solo se cominciano a tremarti gli sci e non riesci più a tenerli, come Ben Hur coi cavalli, mh, annuisce, se uno scende tutto ben controllato arriva quindicesimo, che non piace a nessuno. L'Isidor era il più veloce, sarebbe senz'altro diventato un professionista se non fosse finito giù tra i pini, dice tendendo la mano verso gli alberi, noi che c'eravamo e l'abbiamo visto entrare nel bosco, abbiamo capito che non sarebbe uscito tanto presto. Si è schiantato contro il grande portone del Signore e lui l'ha fatto entrare subito, si passa la manica sulla fronte. Io una volta sono arrivata terza in slittino, bronzo, dice lei, la medaglia è ancora nel portagioie. Quando, chiede lui alzando gli occhi per guardarla. Prima che ci conoscessimo, caro, dice lei e si ferma a fianco di un pozzetto di cemento, stavo ancora con il Renzo, il siciliano. Sorride. Basta, dice lui e guarda dall'altra parte, adesso ci beviamo un caffè. Prende il thermos dal sacchetto e versa il caffè nel tappo, ecco, tieni, dice e glielo dà, quando fa caldo bisogna bere cose calde, lo diceva già la mia bisnonna, placa gli spiriti. Lei fotografa il panorama. Era un bel cane quello della funivia, dice lui e si siede sul pozzetto, di schiena alla valle. Sì, ed è bello anche qui, dice lei. Lui recupera una scatoletta di metallo dal sacchetto di plastica. È rossa, con la scritta Eutra. Cos'è, gli chiede lei. Grasso da mungere, dice lui e se lo spalma sulle sopracciglia, serve a non far colare il sudore negli occhi mentre si cammina, altrimenti bruciano. Guarda il cielo, è ancora limpido.

Al recinto. – Al Renzo piaceva camminare, non faceva una piega, dice lei aprendo il recinto, però adesso non te la prendere. Sì sì, il Renzo col naso a patata non faceva una piega, scuote la testa lui, a ciascuno la sua storia, e comunque abbiamo scarpinato abbastanza su e giù per i pendii, a rigore dovrebbe bastare. Si china e appoggia un ginocchio per terra, gli manca solo la croce. Da bambini ci torturavano negli alpeggi, dice, ma logico che i dépliant non ne parlano, eravamo costretti a passare delle estati intere fissi lassù, ci facevano patire la fame, bisognerebbe scriverci un libro, ce ne sarebbe da dire, scuote la testa, era un pane ben duro, oh già. Sul colle in cima al pascolo ripido c'è un pastore con degli stivali di gomma neri che guarda verso di loro. Armeggia con l'elettrificatore. Da allora non esco più di casa senza provviste, quel che abbiamo imparato ieri saremo domani, dice rovistando nel sacchetto di plastica, e tira fuori una banana. Dai, vieni adesso, che se continuiamo a fermarci non arriviamo più, dice lei tenendogli aperto il recinto, oggi è l'ultimo giorno. E se continuiamo a questa velocità finisce che restiamo secchi, dice lui. Intanto non toccare il recinto, fa lei tenendo bene in alto la maniglia, che altrimenti pizzica non poco. Lui sospira, cammino come mi pare, appartengo solo a me stesso, non vorremo dare un aiutino alla morte proprio oggi, dice e attraversa il recinto, non facciamogliela troppo facile, se ci vuole che almeno ci venga a prendere. Lei richiude il recinto.

Al lago nero. – Te l'avevo detto che il recinto era elettrificato, logico che pizzichi, dice lei in cima al colle, ti fa ancora male? È che quando ci tocchi dentro ti spaventi sempre come la prima volta, dice lui, è questione di scarpe, si china e stringe la chiusura a strappo di quelle da ginnastica. La prossima volta lo sai, dice lei. Sì sì, dice lui, da pastori facevamo le scommesse e chi perdeva doveva toccare il recinto per un minuto senza lasciare la presa, oh già, la corrente ti friggeva nelle vene e dopo un minuto ti sentivi come dopo la cura. Lei si protegge gli occhi con la mano e guarda verso le cime. Ma con gli stivali di gomma fa meno male, dice lui, quindi bisognava toglierli e toccare il cavo a piedi nudi. Se c'era l'erba bagnata ti si rizzavano perfino i capelli in testa. Il piccolo Killias ci è rimasto steso, voleva fare il gradasso e ha sfidato il Sepp, lo Spartaco del recinto, è finito in ospedale, poi è pure diventato medico ma è morto presto. Gli è preso un colpo a quarant'anni. A te invece ha dato una bella scossa, dice lei. La vita è un'odissea, borbotta lui tra sé, ma il lago dov'è, chiede con le mani ai fianchi. Qui, dice lei, guarda che bello, l'acqua è chiara e limpida come i primi pensieri all'alba. Sarà mica un lago questo qui, dice lui, è una pozzanghera, roba da matti, se si sente dire fin giù da noi che quassù c'è un bel laghetto, si può sapere dov'è? Che poi ci resti come se ti avessero appena rubato il portafogli, madonna che delusione. A riva c'è un pezzo di vecchia seggiovia. Fortuna che è ora di mangiare, vediamo un po' cosa c'è nel pranzo al sacco de luxe dell'albergo, dice guardando nel sacchetto di plastica, si lecca le labbra e ci infila un braccio facendolo frusciare. Attento al rumore che attiri le vacche, dice lei sbottonandosi la camicia. Lui ride e si siede nell'erba in riva al lago. Ridi, ridi, dice lei alzando le sopracciglia. Guarda questi salamini, dice lui facendoglieli vedere, per non dire del formaggio. Bisogna sempre mangiare come se fosse l'ultima cena. Prende il coltello dalla tasca dei calzoni. Anche fare l'amore, dice lei e addenta una carota. Sono vacche da combattimento quelle sul pendio laggiù, originarie della Spagna del sud, dice lui, prende il binocolo dal sacchetto e le guarda. Nella Spagna del sud ci viveva il Ferdinand del negozio di biciclette, era innamorato della Lola, la bella matadora coi capelli al vento che lo ha finito con il pugnale dopo che lui l'aveva cornificata. È ancora laggiù, dice lui e appoggia il binocolo sull'erba. Le vacche scendono dal pendio e costeggiano il lago dirette verso di loro. Io ti avevo avvertito, dice lei e lo guarda, ma il señor non ascolta. Che senior e senior, protesta lui sdraiandosi a terra, queste sono vacche da combattimento. Lei si alza e fa qualche passo indietro. Io mi fingo morto, dice lui. Una vacca infila il naso nello zaino. Ha il dorso che sembra il crinale di una montagna. Il pelo nero brilla al sole. Sul colle dietro al lago c'è una croce. Dietro la croce affiorano le prime nuvole.

Alla cappella. – Siamo in ritardo, dice lei, oggi c'è la cena di gala. Ho fame, dice lui e si tiene la pancia. Alla cappella è fissato un segnavia. Non raccontiamolo in giro che ci siamo fatti fregare il pranzo da una vacca, dice lui fermandosi vicino alla cappella, pensa un po' se venisse a saperlo l'Hans, gli allieteremmo la pensione. Si passa la manica sulla fronte e guarda i pascoli. Nel prato sotto la cappella c'è una vasca da bagno. Abbiamo camminato abbastanza per qualche anno, dice. Per di là, fa lei indicando la direzione da prendere. Si scende per il bosco, chiede lui, sei sicura? Forza, vieni, dice lei. Aspetta un attimo, fa lui e si toglie il berretto, lasciami almeno accendere una candela perché non ci cada in testa un bombardiere come nel luglio del quarantaquattro, quando ne è precipitato uno sulle nostre Alpi. Tira fuori una candela dal sacchetto di plastica. Ma è una leggenda, dice lei. Se si chiamava Champagne Girl, il bombardiere, dice lui, era un B17, è volato in pancia alla montagna sull'Alp Stavonas sotto il Sez Ner, e bum, si è schiantato. Punta il dito verso il cielo, e al pilota appeso per aria con il paracadute è toccato veder bruciare così la sua Girl. Sulla parete della cappella è dipinta una Madonna col bambino. Ha l'aureola. Se ne trovano ancora dei pezzi sparsi nei pascoli, dice lui prendendo una seconda candela dal sacchetto, e questa è per il povero Paul. Ce l'ha portato via la morte della sua Mary, un incidente d'auto e se n'è andata subito, un ubriaco guidava contromano e l'ha presa in pieno. La morte arriva con una violenza... e a quel punto il povero Paul ha capito che poteva andarsene anche lui. C'erano le fosse aperte, dice lui e si fa il segno della croce, sei mesi dopo era bell'e morto, l'ho trovato io in riva al Reno tra l'erba alta, aveva il sorriso sulle labbra. Lei si ferma di fianco a lui a guardare i pendii. Lontano, un uomo cammina sul crinale con la pala in spalla e il cappello in testa. Lui prende la scatola dei fiammiferi dalla tasca dei pantaloni. Se ti senti un estraneo anche a casa tua sei contento di potertene andare, dice e accende un fiammifero. Tuona da lontano, in cielo si addensano nuvoloni neri. Lui tiene in mano il fiammifero acceso e guarda in su.

Al pilone della luce. – I cavi dell'alta tensione ronzano. Chissà se ci sono i pappagalli anche nell'aldilà, chiede lui. Suppongo di sì, dice lei, perché vuoi saperlo? Così, me lo stavo chiedendo, dice lui. Da bambini ci vietavano di arrampicarci sui piloni della luce. Lo Jürg ci è salito lo stesso ed è caduto giù come un uccello nero. È finito nell'erba, sul ciglio della strada. Dev'essere come stringere la mano al demonio. Hanno dovuto amputargli il braccio. Non si è mai più ripreso, è diventato arbitro. Guarda, dice lei facendo segno con la mano, c'è un cervo, laggiù dove comincia il bosco. Lui si gira verso il margine del bosco, prende le sigarette dal sacchetto di plastica e se ne infila una in bocca, tra poco i cervi cominciano a sbattere le corna contro i tronchi per staccarsele, ma a primavera ce le hanno più grandi di prima. E se non gli viene via la corona, gli tocca accontentarsi di quella che hanno. Cosa stai facendo, gli chiede lei stupita. Il vento le spettina i capelli. Io, chiede lui, perché? Cosa stai facendo esattamente, chiede lei. Io, dice lui, sto facendo una pausa, che oggigiorno deve sempre filare tutto troppo in fretta. Ma stai fumando, dice lei. Ah, questo intendi, dice lui, è una Parisienne, alza il braccio e la guarda. Da quand'è che hai ripreso a fumare, domanda lei, se hai smesso appena ci siamo sposati. Perché non dovrei potermi concedere una sigarettina, risponde lui, tanto ormai cosa vuoi che conti. Se è tutto vano si può anche fumare, il Bosch del giardino incolto ha cominciato a fumare in casa di riposo ed è campato centocinque anni. E va be', allora fuma, dice lei, però se lo racconto al dottore ti rispedisce in ospedale. Lui prende dal sacchetto la radio con l'antenna rotta, l'accende e l'accosta all'orecchio. Fruscia. Lo fai solo per ripicca, dice lei e si gira dall'altra parte. Una coppia sta facendo l'amore sul greto del torrente, sono nudi nell'erba alta. Guarda che roba, dice lui scuotendo la testa, persino a cielo aperto, ma non potevano aspettare che facesse buio? Tuona da lontano. Dà un tiro alla sigaretta, son buttati lì come nel Giardino delle delizie e provano la morte, soffia fuori il fumo, beati loro. I cavi dell'alta tensione ronzano.

Nel profondo del bosco. – E adesso, chiede lui. Tuona. Sei tu che hai voluto prendere la scorciatoia del bosco, dice lei. Non è vero, dice lui, è stata un'idea tua. Prende la pinza a sonagli dal sacchetto di plastica. Cos'è, chiede lei. Una pinza a sonagli, dice lui, era in offerta a metà prezzo, senti come suona. Fa andare i sonagli. Ma per cos'è, chiede lei. Per spaventare i lupi, dice lui, in questi boschi ce ne sono. E fa andare i sonagli. Lei aggrotta le sopracciglia, dammi la cartina, dice. Lui la tira fuori dal suo sacchetto, sulla cartina c'è scritto CARTA DA VIAGGIO E DELLA CIRCOLAZIONE, SVIZZERA, SCALA 1:400.000, 1963. Sul davanti ha la foto di un panorama montano. Lei la spiega. Cosa mi rappresenta, chiede. È una cartina, risponde lui, non volevi una cartina, eccotela, e guarda in cielo, oh-oh, qui non ne usciamo più. Ma che cartina è esattamente, chiede lei. Lui suona la pinza a sonagli e le toglie la carta di mano, vedi, ogni cantone ha un colore diverso, è di mio nonno, l'ho ereditata da lui. Alla stazione a valle non hai messo via una cartina della zona, chiede lei. No, risponde lui studiando il cielo. Lei si tocca gli occhiali e si gira dall'altra parte. Si può sapere cos'hai contro mio nonno, chiede lui ripiegando la cartina. Niente, dice lei. Lui ritira la carta nel sacchetto di plastica. E adesso, si domanda lui, guarda un po' che cielo, e sta per venir buio. Tuona, il vento si placa, cadono le prime gocce. Non so neanch'io, dice lei e lo fissa. Oggi vien giù che Dio la manda, va' che cielo nero, dice lui indicandolo. Tra le cime dei pini si intravvede un mare di nuvole grigie. Tuona, lui incassa la testa fra le spalle. Lontano si abbatte un lampo. Lui conta i secondi fra tuoni e lampi, ossantocielo, saranno botte da orbi, qui Pietro ci prende a mazzate sul gobbo. Anche lei, alle sue spalle, scruta il cielo. Ha il ventaglio in mano. Gesù Maria, ha sbrigliato i cavalli imbizzarriti, sussurra lui, il temporale è a distanza di scarica, siamo finiti. Guarda in alto con la mano sulla bocca, frana il cielo e vengono a prenderci. Una cornacchia fugge sopra di loro. Tuoni e boati. Oh Dio dei cieli, dice lui e si fa il segno della croce, gli cade la pinza a sonagli, se solo fossimo restati a casa, siamo perduti. Vedi invece, dice lei e si guarda intorno, tutte queste farfalle nere.

VIE

TITOLI PUBBLICATI

AA VV, *Voci di fiume*
Santiago Roncagliolo, *Crescere è un mestiere triste*
Albert Lirtzmann, *Bogopol*
Richard Aleas, *Little Girl Lost*
Hubert Klimko-Dobrzaniecki, *La casa di Rosa*
Herta Müller, *Il paese delle prugne verdi*
Eduard Márquez, *La decisione di Brandes*
Richard Aleas, *I canti dell'innocenza*
Irit Amiel, *Fratture*
Paul Nothomb, *Il silenzio dell'aviatore*
Claudia Schreiber, *La felicità di Emma*
Aglaja Veteranyi, *Lo scaffale degli ultimi respiri*
Herta Müller, *Il re s'inchina e uccide*
Eduard Márquez, *Il silenzio degli alberi*
Sudabeh Mohafez, *Cielo di sabbia*
Angelika Overath, *Giorni vicini*
Rayk Wieland, *Che ne dici di baciarci?*
Max Blecher, *Accadimenti nell'irrealtà immediata*
Susann Pásztor, *Un favoloso bugiardo*
Herta Müller, *Il fiore rosso e il bastone*
Angelika Overath, *Pesci d'aeroporto*
Ota Pavel, *La morte dei caprioli belli*
Arno Camenisch, *Dietro la stazione*
Cécile Coulon, *Il re non ha sonno*
Gabriele Kögl, *Anima di madre*
Ingrid Thobois, *Serve una casa per amare la pioggia*
Arno Camenisch, *Ultima sera*

Sepp Mall, *Ai margini della ferita*
Eduard Márquez, *L'ultimo giorno prima di domani*
Andreas Latzko, *Uomini in guerra*
Maja Haderlap, *L'angelo dell'oblio*
Aslı Erdogan, *Mandarino meraviglioso*
Claudia Schreiber, *Dolce come le amarene*
Uwe Johnson, *La maturità del 1953*
György Konrád, *Partenza e ritorno*
Jonas Lüscher, *La primavera dei barbari*
Irena Brežná, *Straniera ingrata*
Thomas Meyer, *Non tutte le sciagure vengono dal cielo*
Andrew Krivak, *Il soggiorno*
Marija Matios, *Darusja la dolce*
Cécile Coulon, *La casa delle parole*
Urs Widmer, *Il sifone blu*
Anna Rottensteiner, *Sassi vivi*
Slavenka Drakulic, *L'accusata*
Alina Bronscky, *L'ultimo amore di Baba Dunja*
Sandrine Fabbri, *Domani è domenica*
Patrik Ourednik, *Caso irrisolto*
Urs Widmer, *Il libro di mio padre*
Arno Camenisch, *La Cura*

Questo volume è stato stampato
nel mese di aprile 2017

Stampa e Legatura
per conto di
KELLER EDITORE
presso
GECA INDUSTRIE GRAFICHE
San Giuliano Milanese
(MI)